fernanda pompeu

QUANDO EU ERA VELHA

Labrador

Coordenação editorial Pamela J. Oliveira
Assistência editorial Leticia Oliveira, Vanessa Nagayoshi
Direção de arte e capa Amanda Chagas
Projeto gráfico Vinicius Torquato
Diagramação Nalu Rosa
Preparação de texto Maurício Katayama
Revisão Andresa Vidal

Dados Internacionais de Catalogação na Publicação (CIP)
Jéssica de Oliveira Molinari - CRB-8/9852

Pompeu, Fernanda

Quando eu era velha / Fernanda Pompeu.
São Paulo : Labrador, 2025.
128 p.

ISBN 978-65-5625-923-9

1. Ficção brasileira 2. Envelhecimento I. Título

25-3148 CDD B869.3

Índice para catálogo sistemático:
1. Ficção brasileira

Labrador
Diretor-geral Daniel Pinsky
Rua Dr. José Elias, 520, sala 1
Alto da Lapa | 05083-030 | São Paulo | SP
contato@editoralabrador.com.br | (11) 3641-7446
editoralabrador.com.br

“Sei que canto. E a canção é tudo.
Tem sangue eterno a asa ritmada.
E um dia sei que estarei mudo:
mais nada.”

Cecília Meireles

Morrer o que é?
Findar-se, concluir-se, zerar-se, acabar-se, iluminar-se, desfazer-se?
Não sei. Ninguém fez a gentileza de voltar para contar.
Nascer é diferente: sai do útero, passa pela vagina, recebe um jato de luz, chora.
Mas morrer?

capítulo 1

encomenda

As pessoas não falam mais ao telefone. Não dizem: "Alô". Sorte de o escocês Graham Bell estar morto desde 1922. Foi poupado de ver seu invento, o telefone fixo, comer poeira na era digital. Hoje, a maioria prefere se comunicar usando o celular, por meio de texto, vídeo ou áudio. Gravado ou ao vivo. Quem envia o recado – tanto faz se banal ou profundo, telegráfico ou verborrágico, em português escorreito ou indigente – fica ansioso pela resposta. Ao menos pela indicação de que o destinatário tenha visualizado a mensagem. Viramos mendigos estendendo as mãos para conexões. Foi por uma mensagem de texto que Elena convidou Olívia para um trabalho. Espere um pouquinho, deixe eu contar quem é a Olívia.

Uma jornalista das antigas. Das que sabiam crasear de cor e nunca erravam uma concordância nominal ou verbal. Das que escreviam em laudas de setenta toques por linha, vinte linhas por página. Se passasse desse limite, vinha o corte do texto. Olívia era das antigas, se considerarmos o modelo de redações do século passado. Você é capaz de imaginar uma redação de jornal antes da internet? Aí vai: um amplo salão com mesas, máquinas de escrever, telefones, cinzeiros apinhados, relógios de parede visíveis para todos, murais de cortiça carregados de fotos, avisos, calendário e jornalistas. Estes, muito seguros do seu papel de intermediários entre os fatos – guerras, feminicídios, brigas de vizinhos, perfis de milionários, dinheiro subindo e descendo nas bolsas, inflação a galope, falta de moradias, reintegrações de posse, manifestações de rua, repressão policial, declarações, declarações, declarações – e o leitor. E teclas batendo, telefones fixos tocando, horário do fechamento se aproximando, mentes atrás do furo: "Nosso jornal antes de todos os outros".

Até o início do século 21, Olívia rodou sua força de trabalho por jornais e revistas. Foi então que começou a grande crise, a ruptura. Ficou na cara: com a internet, jornalistas perderiam primeiro o emprego; depois, o prestígio social. Pois todo mundo passou a se acreditar mensageiro dos fatos, mercúrios conectados e acelerados. Olívia enxergou o que estava por vir e se retirou. Preferiu se tornar pena de aluguel. Vou explicar: pena de aluguel é o profissional freelancer que solta tinta quando um cliente faz uma encomenda. Só ganha se trabalhar. Não tem carteira assinada, hora extra, categoria sindical, férias, licença-maternidade, festinha de fim de ano na firma. Está por conta e risco próprios. Vantagens? Não tem chefe, trabalha no horário que quiser, vestida ou pelada. Por exemplo, Olívia escreve em casa. Tem uma mesa de madeira de lei em frente à janela. Dessa janela, ela não enxerga árvore, horizonte, passarinhos. Bem verdade, seu olhar está na altura de um emaranhado barroco de fios. Horrorosos. Seu apartamento não tem elevador, mas é próprio. Olívia aprendeu, com o conselho recorrente de sua mãe: "Se você tem um teto próprio e faltar dinheiro, você come banana. Mas não pega chuva e ninguém te ameaça com uma ordem de despejo".

Quando Olívia comprou seu apê de 42 metros quadrados no bairro da Liberdade, piscadela japonesa na cidade de São Paulo, comemorou com o melhor saquê nacional. Sentiu-se feliz. Talvez você esteja pensando: 42 metros quadrados não impressionam ninguém. Mas é notável para alguém que se sustenta com a caneta. Décadas de palavras começadas em cadernos, continuadas na máquina de escrever e agora no computador renderam uma propriedade. Nos anos seguintes à compra, Olívia seguiu trabalhando com afinco as encomendas de texto que chegavam sem intervalos. Sua estratégia de divulgação foi a milenar boca a boca: um cliente satisfeito, dois clientes satisfeitos, uma carteira de clientes. Mas teve um dia em que ela se deu conta que não tirava férias fazia anos e que, se uma doença aparecesse, ela estaria em péssimos lençóis. Ela sentiu medo e resolveu voltar à carteira assinada. Quem sabe? Procurou velhos contatos em redações.

— Vixe, Olívia. Tá complicado, o jornal fez um passaralho no mês passado, demitiu mais de trinta. A maioria da boa e velha guarda. Profissionais que sabiam pensar e escrever bem... Aqueles, como nós, que ainda usam o ponto e vírgula, e checam exaustivamente a mínima informação. Até o número da cela de um colarinho-branco.

— Sem chance, então?
— Olha só. Estão até contratando um ou outro. Todo mundo jovem, topando salários bem menores. É fato que essa turma transita com naturalidade pelos programas digitais. Uma garotada que escreve textos e grava vídeos, tudo ao mesmo tempo. Nada excepcional, mas entregam resultados. E com um detalhe: trabalham rápido e reclamam pouco. Outro dia, uma jovem me disse: "Não me considero jornalista, sou uma empreendedora da notícia".
— Mas os textos são bem escritos, com as informações bem apuradas?
— Na média, né, Olívia? Você não reparou que o mundo ficou médio?

Olívia procurou mais alguns contatos até perceber que seu retorno para as redações estava fechado ou se fechando. Ao menos para o povo da sua geração. Então voltou a se concentrar na sua vida de pena de aluguel. Isso funcionou até exatamente um ano atrás, quando ela se aposentou pela Previdência. É certo, precisou apertar os cintos do consumo, cozinhar em casa, lavar a própria roupa, varrer debaixo da cama etc. Mas, ulalá, uma coisa boa sucedeu. A ex-freelancer começou a pensar em escrever um livro sem cliente. Liberdade, liberdade. Um livro autoral, afinal, tratava-se de um desejo nascido e adiado desde o primeiro ano de faculdade. Oxalá uma história de ficção. "Sempre alimentei o sonho de usar palavras não para narrar fatos, mas para contar uma história com personagens tão vivos que semelhariam pessoas reais". No entanto, até agora, Olívia não escreveu parágrafo algum. Ela fica dando voltas no assunto, como vaca no pasto, ruminando a estrutura, o esqueleto, o plano, a estratégia, o cronograma. Foi no auge dessa letargia literária que Elena mandou a mensagem pelo WhatsApp.

— Olívia, tudo bem? Tô querendo falar com você. Tenho uma proposta de trabalho. Um livro bacana, com um tema atualíssimo. Acho que é a sua cara. Estou no trânsito, chego na editora em meia hora. Posso ligar para você aqui mesmo, pelo Whats?
— Oi, Elena. Faz tempo, né? Fiquei curiosa: "um livro bacana, com um tema atualíssimo". Pode ligar. Aguardo.

Meia hora é muito tempo. Em trinta minutos governos caem, gente morre, gente nasce, casamentos terminam, paixões iniciam, o feijão fica pronto, a chuva alaga uma cidade inteira, milhares de aviões decolam, milhares aterrissam. Enquanto aguardamos Elena ligar, vou apresentá-la para você. "Devo regar as plantas todos os dias", pensou Elena quando trouxe para a varanda da editora, depois da morte da tia Elisa, uma exageração de vasos. Orquídeas, hibiscos, bromélias, begônias. Elena nunca teve cachorrinhos, gatinhos, peixinhos. Ela gosta mesmo é de plantas. E de passarinhos. Em particular, de um casal de beija-flores que amanhece em torno dos hibiscos. Elena fica olhando para eles, imaginando que são namorados. Ou talvez irmãos? Filha única, por toda a vida tem se perguntado: como seria se eu tivesse irmãos?

Toda essa pujança da varanda verde, Elena herdou da tia, junto com a editora de livros da qual se tornou dona e diretora. Tia Elisa, que trabalhou até morrer, treinou a sobrinha para estar à frente do empreendimento, hoje quixotesco, de fazer uma editora de livros de qualidade manter-se viva. Cada título lançado é uma lufada de oxigênio enchendo um tubo cada vez mais comprido. Elena sabe disso e não se intimida. Vamos lá: em uma tabela de notas de zero a dez de "pessoas preenchidas de si", Elena receberia nota nove. Por que não dez? Porque dez é a perfeição, e eu e você sabemos que ela não existe. Justo ontem, Elena comemorou seus quarenta anos, reuniu os amigos mais próximos num famoso restaurante na galeria do Edifício Copan, uma construção em curva do Oscar Niemeyer. Entre vivas de parabéns, conversas bêbadas, risadas sem fim, o relógio do celular avisou a meia-noite. Elena se sobressaltou e Uber para casa.

Nessa noite, rolou na cama. Tia Elisa havia construído uma editora com um catálogo sólido, pois catálogo é quase tudo no negócio dos livros. Com paciência, se conseguem ótimos autores. Conversa de livraria entre mãe e filha:

— Mãe, conhece esta autora? Já leu algum livro dela?

— Não. Nunca ouvi falar, mas, se é da Parto, com certeza é uma boa escritora.

— Mamãe, você é engraçada, presta atenção até na editora.

— Editoras emprestam prestígio aos autores. Mas talvez você esteja certa, hoje quase ninguém repara ou se importa com isso.

— É que a gente desconfia...
— Desconfia de tudo, menos das redes sociais, né, filha?

Sim. O prestígio estava conquistado. No entanto, o conquistado não é sinônimo de ganho permanente. A gente pode ser rainha num dia e camareira no outro. O catálogo precisa manter o sangue correndo nas veias com narrativas contemporâneas. A Parto necessitava segurar-se no páreo da atenção cada vez mais fluida, nichada, ansiosa. O fato é que um livro não concorre apenas com outros livros. Concorre com o Instagram, a Netflix, o ChatGPT. Quanto mais opções, mais difícil e dolorosa é a escolha. São esses pensamentos que fazem a aniversariante rolar na cama. Então, ela acende o abajur de led, puxa de cima da mesinha de cabeceira o celular e anota: "Amanhã, sem falta, falar com Olívia".

— Olívia, põe a câmera pra eu ver sua carinha. Isso, tô vendo. Tudo bom? Muito trabalho?
— Elena! Que bom ver você. Eu tô sem trabalho. Me aposentei faz um ano. E, por consequência, aposentei as encomendas também. Sabe? É incrível a liberdade de fazer só o que a gente quiser. Por exemplo, vivo indo ao cinema.
— Agora lembrei, uma vez você me disse que, quando tivesse um tempo, escreveria um livro de ficção, uma história com personagens. Tá fazendo?
— Pois é, querida Elena. Esta é a parte dramática. Até consigo alguns começos... Mas não tem jeito de eu avançar. Não sinto confiança.

— Confiança? Você escreve muito bem. Tem um texto maravilhoso. O que pega?
— Imagina. O que pega é que não encontro o assunto e, sem ele, impossível visualizar o enredo.
— O assunto? Acho que vou salvar você. Eu tenho um tema procurando uma escritora de dezoito quilates. Você. Quer encarar um livro falando do envelhecimento? Superatual, agora que as pessoas vivem mais, quem chega na terceira idade descobre que existe uma quarta.
— Envelhecimento? Interessante. Elena, você pensou em mim porque eu estou velha? Esta manhã mesmo me olhei no espelho e não gostei do que vi. Sou uma mulher com o pescoço enrugado. Sabe pescoço de galinha?
Elena riu. Respondeu:
— Você não está velha.
Mas, sim. Elena achava que Olívia estava velha. Tinha idade, com folga, para ser sua mãe. Mas seu critério não era etário. A idade das pessoas, para mais ou para menos, nunca a impressionava. Seu modelo era a tia que morreu, bem mais velha do que Olívia, comandando o barco da Parto em mares grandes, com ventos furiosos, sem nunca ter perdido a rota. A jovem editora queria Olívia escrevendo o livro porque acreditava na sua caneta e no seu comprometimento. Olívia já havia trabalhado com a Parto, em um livro assinado por ela e por mais três jornalistas. *Feminino encarcerado* vendeu bem. As autoras entrevistaram dezenas de presas e o resultado saiu na medida certa: sem enaltecimentos (afinal, como enaltecer uma mãe que tinha matado a filhinha?). Foi um escândalo nos jornais: "Mãe estrangula bebê em

bairro nobre de São Paulo". E sem julgamentos morais (afinal, como julgar uma angolana que serviu de mula para um cartel de cocaína, com o objetivo de livrar as filhas da morte pela fome?). Tia Elisa gostou das entrevistas feitas por Olívia: "Ela encontrou o tom, entregou humanidade".

— Olívia, você se anima? Vamos embarcar juntas?

— Hum... Parece promissor. Posso pensar um pouquinho?

— Pode. Mas não demora muito. Lembre do provérbio português: "Barco parado não faz viagem".

Depois dessa conversa, Olívia alternava do estado animado para o desanimado. Do desanimado para muito animado, num loop maluco. Lembrou-se da menininha na beirada da piscina de um hotel. Enquanto seus pais conversavam animados com outros casais, sentados em espreguiçadeiras, cada qual com um drink na mão, ela experimentava uma tortura mental: entro ou não entro? Pulo na piscina de cabeça ou de barriga? E se a água estiver muito fria? Se eu bater no fundo? Se eu perder o fôlego? Se eu morrer? De menininha a velhinha, sempre foram essas as perguntas: se eu perder o fôlego? Se eu morrer?

capítulo 2
atrás

Olívia não sabe se aceitará a proposta de Elena. Em parte, por temer o desafio de escrever um livro, em parte pela preguiça do trabalho duro. Mas está pensando ser bem apropriado uma pessoa com a idade dela escrever um livro acerca do envelhecimento. Afinal, anda vivendo o franco e veloz processo do enrugamento da pele, da secura pelo corpo que faz coçar. Da rebeldia sem causa dos fios de seus cabelos brancos. Uma sem-gracice. É fato que ela ainda não foi carimbada como uma velhinha. Ninguém oferecia o braço para ajudá-la a cruzar a rua, nem sorria com condescendência. Mas oferecer o assento? Aqui Olívia lembra de uma cena ocorrida alguns anos atrás, no trem do metrô. Ao vê-la, uma jovem se levantou prontamente:

— Pode sentar aqui.

Uma onda de surpresa insurgiu dos seus pés ao rosto.

— Ainda não!

A menina, um tanto desconcertada, sentou-se novamente. Firme, Olívia completou o trajeto em pé. Mas não conseguiu tirar da cabeça a cena e seu significado. Não importava o quanto ela se sentisse lépida e fresca; importava como a outra – no caso, a solícita jovem – a enxergava. É claro que, aos cinquenta e cinco anos, ela ainda estava sendo vista. Posto que os jovens, todavia, a percebiam. Mas, nos anos posteriores, eles foram a tornando enlutadamente invisível. Por exemplo, em alguns restaurantes: o garçom a olha, mas não repara, não fixa a atenção. Levantando a mãozinha direita, Olívia acena pra ele. Aí, sim, ele abre o sorriso, vem em sua direção e solta:

— A senhorita deseja consultar o cardápio?

Aí Olívia pensa: "Ele ainda está me vendo embaçado". Escolhida a carne-seca com purê de quibebe, o garçom sugere:

— Um chopinho?

"Hum, ele está querendo embebedar a senhorita." Ela resolve se divertir:

— Quero uma caipirinha. Nada de cachaça com kiwi, manga, morango. Quero a de limão e com açúcar.

Ele lacra:

— É pra já! — E manda um sorriso aberto.

Contando assim, parece que envelhecer é um conjunto de piadas. Não é bem assim. Envelhecer vem também com muita dor, não só nas pernas, nas costas, nos dentes. Tem uma dor na alma. "Eu sei, a forma como percebo e vivo o envelhecimento é só minha. Porque a maneira de viver o passar de tantos anos tem a ver com o jeito que vivi minha infância, minha juventude, minha madureza. Se cada um nasce com um jeito único, também envelhece com um jeito único. No entanto, se aceito escrever o livro proposto por Elena, terei que encontrar pontos comuns, pontes de aproximação, visões coincidentes, até padrões do que é ver e ser visto como uma pessoa velha.

"Foi na infância que tomei contato com a vulnerabilidade de um ser velho. Estava indo para a escola primária, no autoritário Instituto Duque de Caxias, atravessando uma feira livre sob o sol do meio-dia. De repente, uma senhora escorrega em uma casca de banana e cai dobrando e quebrando a perna. Uma perna gorda, branca, gelatinosa. *Craque*, eu ouvi. A velha mulher me olhou com uma mistura de dor e pedido de socorro. Fiquei paralisada. Adultos se aproximaram falando alto. Essa mulher e a expressão escrita no seu olhar se eternizaram na minha memória. Sempre que vejo uma casca de banana na calçada, eu a empurro para um cantinho. É automático: toda causa leva a uma consequência. Tento eliminar a causa. Mas agora são minhas pernas que estão gordas, brancas, gelatinosas? Onde se esconde a próxima casca de banana? Nesses meus primeiros anos, a pessoa mais velha com quem convivia era a dona Laurinda. Ela era mais velha do que todos os velhos do mundo. Tinha um olho cego, um turbante branco na cabeça, que me lembrava uma fronha. Ela fumava um cachimbo de madeira rústica. Eu gostava de observar o desenho da fumaça no ar e apreciava o cheiro forte do fumo. Sua função na casa era engomar os linhos da minha avó. Enquanto engomava anáguas, saias, blusas, ela ia me contando histórias. De uma vida muito longa, vivida quase toda no morro vizinho à casa da minha avó. Seu personagem predileto era o marido.

— Olivinha, ele é entrevado, derramado na cama. Não faz nada sozinho, eu tenho que dar banho e comida na boca dele. Mas cada um tem sua cruz pra carregar.

A ideia de carregar uma cruz me arrepiava. Eu pensava: isso é porque ela é velha. Vou demorar uma eternidade para ficar velha. Minha avó também era velha. Ela contava suas histórias de infância vividas em Fortaleza. Memórias da praia de Iracema com seu mar verde. 'O mar mais lindo do mundo', ela sussurrava. Também contava da falta de saneamento básico, de homens muito fortes e descalços recolhendo, em grandes baldes, toda a merda das residências. E, depois, carregavam esses baldes para bem longe dos narizes da cidade. Aos meus ouvidos, suas histórias soavam como lendas de séculos anteriores. A infância de uma pessoa velha era inatingível para a minha compreensão."

A avó de Olívia morreu aos sessenta e dois anos. Nos braços de um dos filhos, partiu dizendo: "Eu não tenho medo de morrer". Na época, 1971, todos julgaram que ela morreu idosa. Hoje, as pessoas diriam: "Morreu prematuramente". No livro *Crime e castigo*, do tremendo Dostoiévski, Aliona Ivanovna, assassinada por Raskólnikov, é chamada de velhinha. Ela tinha sessenta anos. O assassino, com cerca de vinte e três, achou legítimo matar uma velha. Sua justificativa: Aliona tinha dinheiro, ganho pela usura, enquanto ele era um homem jovem e pobre. Na sua autoavaliação, um cara extraordinário. Ele merecia estar vivo, ela não. É certo que depois veio o castigo: Raskólnikov irá se autorrecriminar compulsivamente. Mas esse é outro livro, um clássico. Vamos voltar para o nosso, que é bem mais um clima.

Há a percepção de que a régua que define quem é velho ficou maior em muitos centímetros. Esse é um dos motivos que leva a editora da Parto, Elena, a acreditar que um livro acerca do envelhecimento tem um mercado promissor. Também considera acertado ter convidado Olívia para escrevê-lo, apesar de conhecer o jeito claudicante da pena de aluguel pensar. "Ah, depois da nossa troca de mensagens, Olívia deve estar viajando na maionese, fazendo uma salada russa mental, tentando combinar o presente com cenas do passado. Jogando dados com as estrelas. Às vezes, acho que ela nasceu com um espelhinho retrovisor implantado no cérebro.. Tenho paciência. Tia Elisa sempre alertava: 'A paciência com autores é a habilidade mais importante que um editor precisa desenvolver'."

O espelhinho retrovisor de Olívia seguia a mil: "A época em que eu deixei de pensar nos velhos foi na minha juventude. Para que pensar na fome quando estamos em um banquete? Ou pisar no esgoto a céu aberto quando estamos brincando em uma piscina? Nos meus primeiros anos de juventude, minha velhice era tão distante quanto a Terra é de Netuno. Eu não envelheceria. É claro que eu era gentil e respeitosa com os mais velhos. Fui bem educada pelos meus pais. Cedia passagem na escada ou no elevador, cumprimentava, oferecia assento. Sentia ternura, mas medo também. Eu não sabia direito o que conversar nem o que ouvir. Humanidades separadas pelas décadas. O que mais me intrigava era alguma coisa que via no olhar dos velhos. A falta de água nos olhos, talvez. A flacidez da pele, como a flacidez da perna quebrada daquela senhora que encontrou uma casca de banana na calçada de uma feira livre.

Foi na beleza dos meus vinte e seis anos que percebi o envelhecimento começar a acontecer. Em uma situação prosaica. Eu precisava atravessar a fronteira terrestre entre Equador e Colômbia. Só que as fronteiras terrestres não se parecem nada com os controles aéreos. Elas são muito mais duras. Os fiscais olham nos nossos olhos, medem nossa aparência, pedem que você mostre quanto dinheiro tem. E qual a razão de estar ali e querer entrar no país deles. Fiscais são céticos profissionais. Então, eu tinha que estar apresentável. Daí, foi uma decisão acertadíssima encarar o banho frio naquela pensão de quinta categoria. Água fria num amanhecer gelado. Ao sair do banho, depois de abrir a cortininha do boxe com borboletas aplicadas, olhei minha cara no espelho e vi a pequena ruga na face direita. Um pouco abaixo do olho. Um tiquinho de nada. Mas um tiquinho. Um risquinho no meu rosto, até então, de porcelana. Eu senti um apertinho no corpo. Uma tristezinha. Não fiquei chocada, bem mais incomodada. Pois é claro que eu sabia que aquele risquinho no rosto não iria desaparecer. Muito ao contrário: tratava-se de um hóspede não desejado nem convidado. Um intruso permanente."

Olívia viveu a experiência do viajante mochileiro, bastante comum nos anos 1980. Experiência geracional, com gramática e mitologia próprias. O viajante mochileiro nada tem a ver com o viajante aéreo, com malas de rodinhas, com reservas no Airbnb, com o Waze dando o roteiro dos passos. Era mesmo um outro mundo. Ela pôs a mochila nas costas e partiu de trem da Estação da Luz rumo a Bogotá. Passou pelas fronteiras da Bolívia, Peru, Equador, Colômbia. Fez trajetos de ônibus com vinte e quatro horas de duração. Comeu milho como nunca na vida. Quase congelou no trem entre Arequipa e Cusco. Em uma pousada, na Bolívia, usou folha de jornal para limpar a bunda. Colecionou, na rotina, amanheceres, pores de sol, arco-íris. Mergulhou em poços naturais de águas quentes e experimentou péssimos chuveiros em banheiros sempre coletivos. A viagem era interessante e ela se interessava pela viagem. Olívia havia enfiado na cabeça que viajar por terra era frequentar uma biblioteca móvel. Podia ver, falar com pessoas que tinham modos de vida diferentes. Visitar ambientes, na maior parte das vezes, inusitados. Na cidade de Potosí, admirou as minas de prata, enquanto criava enredos detalhados de histórias de mineiros bolivianos que jamais viria a escrever.

"Depois que consegui, com sucesso, atravessar a fronteira, me esqueci da ruguinha no rosto. É bem verdade, ela voltou à minha memória durante a pandemia da covid-19. Por conta da longa travessia do confinamento, fui obrigada a ver minha cara centenas de vezes no zoom. Um dia, reparei que meus olhos haviam diminuído de tamanho. Como assim?, perguntei enquanto tentava arregalá-los ao máximo. Aos pouquinhos, fui concluindo: eles não tinham diminuído, foi a pele que se derramou em volta, obedecendo à flacidez da musculatura. Que terrível! Mas chega de reminiscências. Vou atualizar a vida. Pôr a pena em movimento, pois o tempo ruge sua garganta implacável. Quando eu era jovem, não sabia o que significava a urgência. Tinha o sentimento da eternidade. A vida inteira pela frente. Hoje, com a minha tremenda dificuldade em pegar no sono, lembro de como era fácil dormir até o meio-dia. Como era natural sair de um assunto e entrar noutro. Eu estava em uma grande varanda vendo além do horizonte. Antes de me decidir pelo curso de Jornalismo, pensei: por que não Ciências Sociais, por que não Geografia? Quem sabe seria comissária de bordo? Havia tempo de sobra para sonhar, imaginar, duvidar. Agora? Só resta o tempo para realizar."

Mensagem de Olívia pelo Whats:
"Querida Elena, mesmo com um friozinho na barriga, vou aceitar sua proposta. Um livro falando dos velhos

me parece relevante e interessante de fazer. Chequei no Google: 'pessoas com mais de 65 anos já são em torno de 10% da população brasileira'. Acredito que o assunto não ficará restrito a esses dez por cento. Vai interessar a muito mais gente. Pois, se os jovens de hoje não morrerem pelo caminho, ficarão velhos também. Aí vale perguntar: envelhecer é penitência ou prêmio?"

capítulo 3
forever young

Os influenciadores sempre existiram, os influenciáveis também. Padres influenciam paroquianos, pastores influenciam fiéis, líderes sindicais influenciam trabalhadores. Hoje, as redes sociais influenciam quase todo mundo. O impacto das redes no negócio da influência é tremendo. Veja o exemplo do Kiko. Ele tem 300 mil seguidores no Instagram e cerca de 700 mil no seu canal YouTube. Está na área há cinco anos e só cresce. Os conteúdos, em vídeos e textos, são voltados para pessoas 50+. Focam na saúde física e mental, alimentação saudável, ginásticas para o corpo, propósitos para a mente. O influencer digital acredita que não há nada de trágico em envelhecer, desde que cuidemos da forma física e da clareza dos pensamentos.

Em um dos seus posts, Kiko escreveu: "Depois dos cinquenta, é claro que você não vai comer embutidos todos os dias. Vai ter que dar um chega pra lá nas batatinhas fritas e porções de torresmo. Não vai beber e fumar como se tivesse vinte anos. Não dá para viver como se não houvesse amanhã. Porque esse amanhã pode ser adoecer por descuido com o corpo. Entretanto, o cuidado não se restringe só à forma física, ele deve vir acompanhado por um vitalizador propósito de vida. Pra envelhecer bem, precisamos fazer planos e, principalmente, nunca parar de sonhar e de amar". Esse post do Kiko viralizou. Atraiu centenas de cinquentões e milhares de cinquentonas. Agradou aos que lutam por manter, mesmo sem ter, a barriga tanquinho. E também agradou proprietários de mentes despertas e famintas por atualizações. Com a sequência consistente dos conteúdos postados no Instagram e veiculados no YouTube, a turma dos 50, 60, 70+ se conectou ao *Forever Young.*

Última conversa entre Olívia e Elena, depois de a escritora chorar pitangas: "Elena, estou meio perdida, não sei ainda como selecionar as fontes. Pior, nem sei o que perguntar direito, não tenho claro o tipo de abordagem. Apesar do meu próprio envelhecer, o tema traz muitos desafios. Por exemplo, é amplo demais e, ao mesmo tempo, particular demais". A editora disfarçou uma impaciência. "Agora Olívia vai pensar mil vezes no quanto é desafiador o tema do livro, vai avançar vacilando, vai complicar tudo o que puder. Para que trilhar a linha reta, se existe a curva? Por que o paraíso, se o inferno está bem ali na esquina?"

Segurando o celular com a mão esquerda, enquanto, na direita, havia um regador hidratando os hibiscos na varanda da Parto, Elena teve um clarão para ajudar Olívia: "Marque uma reunião com o Kiko, o influencer digital 50+. Ele tem uma pancada de seguidores. Gente de cinquenta, sessenta e até setenta anos. É um fenômeno na internet. E, por acaso, somos primos. Quer que eu fale primeiro com ele? Pronto. Vou mandar uma mensagem contando do projeto e dizer que você deseja conversar. Ele é gente boa. Energético".

Kiko prometeu conversar com Olívia. Fez isso mais para atender a prima do que por sincero entusiasmo. Fazia tempo que eles não se falavam. O influencer tem dezoito anos a mais do que Elena. Ou seja, zero lembrança de brincadeiras na infância ou de inocentes beijinhos na boca. No entanto, a prima estava na zona de atenção de Kiko. Ele tinha curiosidade na mulher de quarenta anos capaz de tocar uma editora de livros físicos. Editora fundada pelo avô deles, o velho e lendário Waldemar Bastos, que, em uma tórrida cidade de interior, criou, a partir de um sebo de livros, um bom negócio improvável. Um negócio de publicações: a Parto. Várias vezes perguntaram, inclusive a mulher, o porquê do nome. O avô de Kiko e Elena esclarecia: "Veja bem, cada livro que sai da gráfica e chega nas mãos do leitor passou por um nascimento. Um parto". Waldemar a fez crescer o suficiente a ponto de mudar a sede da editora para a capital.

"Bah, como Elena consegue manter o empreendimento em pé? Faz um ano, propus uma parceria com a Parto: editar meu primeiro livro, *Dá para viver muito e bem*. Eu queria o produto no formato digital, para atender meus seguidores. Elena ficou arrepiada, disse que só se interessava por livros físicos. Enumerou umas dez razões contra os e-books. Nem recordo quais eram. Só lembro que nossa parceria morreu antes de nascer. Agora, ela manda essa Olívia. Deve ser uma escritora à moda antiga. Até imagino seu linguajar: leitor no lugar de público, orelha de livro no lugar de cabeça de texto. Papel, tinta, impressão. Jesus!"

A diferença de perspectivas quanto a modelos de publicação não era o cerne do incômodo de Kiko na relação com a prima. Havia uma magoazinha. Do tipo que parece uma florzinha inocente, mas, em verdade, é erva daninha atrapalhando um possível jardim. A Parto, apesar de fundada pelo avô, passou para as mãos de Elena. Com a morte da tia Elisa, a prima se tornou a única dona. Elisa e Jorge, pai do Kiko, eram irmãos. O pai acabou vendendo sua parte na editora. Ele precisava de dinheiro. Kiko recorda que seu pai tinha os bolsos furados. Era músico. Pianista. Muito bom aos ouvidos da mulher e dos amigos. Mas teve uma carreira acidentada, banguela até. Depois de tentativas infrutíferas de acompanhar orquestras, acabou tocando piano em bares. No princípio, em estabelecimentos elegantes, por exemplo, no restaurante do Terraço Itália, aquele com vista estonteante para a maior cidade do país. No Bar Brahma, bem ali na Ipiranga com a São João, esquina que Caetano Veloso eternizou nos versos: "Alguma coisa acontece no meu coração/ Que só quando cruza a Ipiranga e a avenida São João".

Depois, nas asas do alcoolismo, foi um descer ladeiras para a decadência. Um dia, Kiko encarou o pai e falou na cara:

— Viver de tocar piano no Brasil? Decisão de jerico. E bebendo como uma esponja... Está querendo passar fome? Você não pensa em mim e na mamãe?

— Tá falando besteira, rapaz. Vocês nunca passaram fome!

— É verdade, mas nunca sobrou dinheiro para ir ao cinema, descer para o litoral, frequentar piscina de clube, né?

— Você é cheio de não me toques. Vá estudar, tem vestibular em dezembro.

— Eu tenho que entrar numa universidade pública, né? Bem difícil, porque você não conseguiu pagar bons colégios para mim. E também não terá dinheiro para pagar uma facul, mesmo medíocre.

A conversa entornou o caldo entre os dois. Ficaram machucados um com o outro. Esse diálogo com o pai está gravado na alma do filho. Hoje, Kiko tem certeza que as falas foram equivocadas. O que ele diria ao pai se este ainda vivesse e se, como o Super-Homem do filme, pudesse voltar no tempo, seria:

— Pai, como você foi vender sua parte na Parto? A editora era sua também. Foi o vô Waldemar que começou tudo. Não passou pela sua cabeça que talvez, junto com Elena, eu quisesse herdá-la?

— Eu precisava de dinheiro!

— E cadê esse dinheiro? Sumiu, né? Você bebeu cada centavo!

— Deixa de falar asneira, Francisco. Com a venda da minha parte, eu comprei este apartamento pra gente sair do aluguel, para deixar alguma coisa pra você e pra sua mãe.

— Um apartamento de pobre. Enquanto a tia Elisa fica cada vez mais rica. Comprou uma casa na avenida Pacaembu. Ela mora no Pacaembu, pai. E nós aqui, na periferia. Longe de tudo.

— Foi mérito da Elisa. E sorte também, é claro. Sua tia soube aproveitar a oportunidade de vender milhares de livros para programas do governo. Ela fez a Parto crescer e ganhou dinheiro com isso. Mas, filho, será que ela é feliz?

— Deve ser mais feliz que você. Mais feliz do que a gente.

O encontro entre a escritora e o influencer ocorreu em um restaurante japonês no bairro da Liberdade. Foi gentileza de Kiko deixar Olívia escolher onde conversariam. Ela, por comodidade, propôs um lugar a duas quadras do seu apartamento. Ele gostou. Fazia anos que não andava pelo centro de São Paulo. Comentou com Olívia que tudo estava mais caído, carcomido: "As ruas estão cheias de sem-teto. Entra prefeito, sai prefeito e só aumenta o povo amanhecendo e dormindo pelas calçadas". Olívia, saboreando um guioza de carne, apenas concordou com um sinal de cabeça. Ela não queria perder tempo com temas que não estavam em suas mãos resolver. Estava focada em encontrar caminhos para avançar no livro. Como dizem os espanhóis, desejava ir "direto ao grão".

Olívia perguntou por que Kiko começara o seu projeto *Forever Young* na internet:

— Tem várias maneiras de eu responder. Vou usar uma delas. Você lembra daquela propaganda de refrigerante, onde um cinquentão, dentro do elevador, tenta puxar papo com uma garota? Aí, a jovenzinha o interrompe: "Tio, aperta o 21 pra mim..."

— Nossa, Kiko, você lembra até do andar?

— Vigésimo primeiro! Na verdade, fizeram uma série com a mesma garota e o tiozão. Me incomodou. E não foi pessoal. Eu estava longe de fazer cinquenta anos. Foi a ideia do apartheid entre gerações. A sugestão de que um cinquentão paquerar uma jovem é uma coisa nojenta...

— Talvez uma insinuação de pedofilia...

— Pelo amor de Deus, Olívia. A garota do comercial não é uma criança. É uma jovem. O cara não faz nenhuma insinuação sexual. E, venha cá, é proibido desejar depois do cinquenta? Existe uma idade-limite para o desejo? A velhice é uma brochação contagiosa?

— Daí você criou o *Forever Young*? Não é meio contraditório esse nome, "eternamente jovem"?

— Não, se você considerar, como eu considero, que juventude é um estado de espírito, não tem nada a ver com a idade. Tem por aí muito garoto de dezoito anos com o espírito idoso. E muito idoso com espírito juvenil. Mas meu projeto não nasceu com esse nome. Na verdade, quem sugeriu esse nome foi a minha mulher, Odara. A gente havia acabado de se conhecer. Eu comecei fazendo um blog... Aí evoluiu e virou algo muito mais amplo. Eu não previ o sucesso.

A conversa continuou numa cafeteria, onde pediram expressinhos e dividiram um pudim de leite. Depois se despediram quase amigos. No carro, de volta para sua casa no Itaim, a Copacabana de Sampa, ele viu que era tarde e Odara iria reclamar. Paciência infinita. Kiko concluiu que havia simpatizado com Olívia. "Preconceito é mesmo um cárcere. Eu esperava encontrar uma escritora com cabeça acadêmica preocupada com dados, estatísticas e o escambau. No entanto, acho que ela tem a mente bem aberta, ao menos demonstrou uma legítima curiosidade pelo *Forever Young*." No dia seguinte, telefonou para a pima, contando que tinha jantado com a escritora e da boa impressão causada. Elena agradeceu satisfeita: "Te devo uma. Aliás, faz tempo que a gente não se vê. Arranja uma brecha na agenda, passa aqui na Parto para um café. A semana que vem está tranquila para mim".

Olívia também gostou de Kiko e apreciou a sugestão que ele fez: "Foque nos comentários dos seguidores nas minhas postagens. Sabe aquela máxima: foca na demanda? Pois é, nos comentários aparece muito o que as pessoas pensam acerca de velhice e juventude. Às vezes de forma indireta, mas está tudo lá. As pessoas comentam sobre seus medos, suas dúvidas. Contam suas histórias, algumas comoventes. Pode acreditar: é um bom lugar para você garimpar insights". Olívia ia dizer que insights não se garimpam, mas deixou para lá. Nas semanas seguintes, se debruçou no Instagram de Kiko, lia a postagem e prestava atenção nos comentários, dispensando, é claro, os escritos com emojis. Afinal, como poderiam dois coraçõezinhos ajudá-la? Bem como uma carinha piscando, outra com uma lagrimazinha. Sem falar na multidão de "namastês", que ela interpretava como exageros bem exagerados.

Ela leu comentários tocantes. Um homem de sessenta e cinco anos que, após sofrer um infarto, decidiu trilhar o caminho de Santiago. Passou a mão nas malas e na coragem e embarcou para a Europa. Fez setecentos e oitenta quilômetros a pé, saindo da francesa Sant-Jean-Pied-de-Port, no sopé dos Pirineus, até Santiago de Compostela, na Espanha. Agora, esse homem está escrevendo um livro, narrando ensinamentos dessa aventura. Leu também a história da Izildinha – que, após a aposentadoria de uma vida alfabetizando, abriu, na garagem da própria casa, uma sala de aula para ajudar crianças da vizinhança em recuperação escolar. Sem cobrar um centavo por esse trabalho. O comentário do superatleta octogenário que trocou o salto com vara da juventude pelo sobe e desce de escadas (todas as que encontra). Leu histórias duras, como a de uma bailarina que hoje, aos setenta e cinco, e com Parkinson, não encontra graça nenhuma em viver. A de um viúvo que assiste à TV o dia inteiro, mas declara que o *Forever Young* está dando alguma perspectiva para ele.

Leu também comentários carregados de revolta e amargura. Muitas reclamações de quanto os jovens são pretensiosos, arrogantes, mal-educados. Uma professora universitária desabafou: "A juventude de agora é adepta do mimimi. Os jovens não suportam o trabalho duro, não aguentam frustrações e creem que sabem tudo". Uma misteriosa "Senhora X" aparece várias vezes com o bordão: "A velhice é uma m@rda".

Olívia anotou no seu diário de bordo: "Kiko está certo. O conjunto de comentários forma um inventário de opiniões, sensações, preconceitos, conceitos, valores, crenças, experiências da velhice no plural. Comentários são post-its desfilando na tela. Parágrafos modernos". No fim do mergulho no Instagram do influencer, Olívia sentiu tédio ao perceber que, no frigir dos ovos, muitas ideias se repetiam. Num loop muito chato. Pensou, mas não anotou: na sua maioria, os comentários eram mal escritos. Ela suportava até um tapa na cara, mas a escrita desleixada nunca. Já os textos e vídeos do Kiko tinham lá seu charme e sua força.

capítulo 4

lado b

O Pacaembu é um bairro muito particular na cidade de São Paulo. Localizado em uma região de *colinas*, é uma festa para quem o olha de baixo pra cima. O conjunto de casarões interessantes se mistura a invejáveis áreas verdes, com floridos ipês de tirar o fôlego dos olhos. Elena admira a vista que a varanda da Parto, povoada com orquídeas, hibiscos, bromélias, begônias, oferece. E, nos verões, quando as cigarras agudizam o ar com seu canto, a dona da varanda e da editora quase fica com os pés um pouco acima do chão. Mas, você sabe, o paraíso não existe. O bairro de elegância arquitetônica e presença verde também tem muitos ratos. Em parte, isso se deve à presença de servidões no bairro. Passagens estreitas entre casas, a maioria delas gradeadas, impedem o trânsito de pessoas, mas facilitam o livre fluxo dos roedores. Por conhecer o problema, neste exato momento, Elena está pondo, atrás do vaso de bromélias, uma ratoeira. Não dessas que esmagam o pequeno mamífero – o coitado não nasceu fofo como os gatos. Ela usa uma ratoeira "porta-isca" com veneno misturado a sementes de girassol. Vantagem: ela não verá o animal esmagado, cadáver horripilante. O bichinho pegará o petisco de girassol e, com expressão de medrosa inocência, levará para sua toca. Aí o veneno agirá lentamente, causando, por fim, uma hemorragia interna fatal. E o que Elena irá encontrar, se encontrar, é o corpo de um rato todo seco.

Nos tempos medievais, ratos eram vistos como portadores de pestes, ladrões de grãos, roedores de roupas, ameaças a bebês. Animaizinhos cheios de astúcia e infidelidade. Conta a lenda que são os primeiros a abandonar um navio prestes a naufragar. Apesar de Elena recordar de um naufrágio em sua vida que não teve nada a ver com ratos. Vamos aos fatos. Há sete anos Elena se apaixonou pelo Eduardo, que se apaixonou por ela. Em poucos meses, se casaram. Os dois tinham um menu de comportamentos e entusiasmos em comum. Eram proativos, assertivos, capacitados, habilidosos. E ambiciosos nas suas carreiras. Ela estava concluindo a jornada para se tornar diretora da Parto; ele, um jovem, e já brilhante, procurador de justiça. É claro, tinham suas preferências: Eduardo era louco por carros. Conseguiu comprar uma BMW (importada diretamente de Munique). Elena nem tinha carteira de motorista, usava Uber para ir e voltar de qualquer lugar. Para Eduardo, carros eram diamantes, enquanto ela nem os distinguia direito. Essas diferenças não atrapalhavam em nada a harmonia do casal, tamanha a sintonia entre eles.

O filme do casal nota dez durou até uma noite de temporal intenso em São Paulo. Raios iluminavam a sala do apartamento, onde Elena, estirada no sofá, lia *Viva a música!*, de Andrés Caicedo. Era o projeto biscoito fino da tia Elisa.

Publicar, em edição luxuosa, os escritos do autor colombiano. O celular tocou e Eduardo, com voz ofegante, falou: "Lena, aconteceu uma merda. Fica em casa que estou chegando". No dia seguinte, apareceu em toda mídia analógica e digital: "Procurador de Justiça, dirigindo um carro de luxo, atropela e mata morador de rua. O motorista se negou a fazer o teste do bafômetro no local". Eduardo jurou para Elena que não tinha bebido, que o homem havia aparecido do nada. "Na hora nem percebi, senti um solavanco no carro. Então ouvi gritos de uma mulher na calçada: para, para."

— Na verdade foi ele quem atropelou o meu carro. Eu nem vi o sujeito. Na hora pensei que havia passado em cima de um cachorro.

— Calma, Edu. Deixa baixar a poeira desse sensacionalismo. Os urubus midiáticos estão explorando "procurador com BMW" mata "morador de rua despossuído de tudo". Mas, olha, foi um acidente, não foi?

— É claro que foi um acidente. O sujeito praticamente se jogou na frente do carro. Ele devia estar bêbado. Vem cá, você está duvidando da minha palavra?

Elena não estava duvidando do marido, esse cara incrível, esse cara que ela amava. Estava tentando segurar a crise dele.

Nos dias seguintes, o que parecia um desagradável acidente de trânsito foi ganhando contornos dramáticos. De forma ininterrupta, notícias do procurador que matou um morador de rua foram se avolumando.

Tantas que pareciam águas das Cataratas do Iguaçu. Apareceram os detalhes fornecidos pela investigação policial. A BMW estava a cento e vinte quilômetros por hora em uma via cujo limite era cinquenta. O motorista se negou a fazer o teste do bafômetro. O corpo da vítima passou mais de dez horas estirado no chão, até ser recolhido por um rabecão da prefeitura, onde se lia: "Transporte de Cadáver". A grita por justiça nas redes sociais, de tão histriônica, ensurdeceu o cotidiano de Eduardo e Elena. Numa manhã, ela tomou coragem e perguntou: "Por que você não fez o teste do bafômetro?" Como resposta, ele berrou (pela primeira vez com a amada Elena): "Porque eu não quis! Porque sou um procurador de justiça e não ia me sujeitar à ordem de um guardinha de trânsito". A mulher se calou e não fez a segunda pergunta: "Por que você estava a cento e vinte em uma via de cinquenta?".

Eduardo foi obrigado a responder a um processo. Idas e vindas ao enfadonho fórum de Pinheiros. Lá ouvia perguntas curtas e dava respostas longas. Um irmão da vítima estava representado por um advogado recém-formado que olhava para o procurador de justiça num misto de admiração e inveja. Toda vez que ia nomear o atropelado, tinha que olhar o celular para recordar.

— Ah, é José Carlos Jesus, excelência.

— O senhor advogado bem poderia fazer a lição de casa gravando o nome da vítima.

Nesse ponto, o recém-formado parecia padre em missa coletiva de sétimo dia, quando olha no papel o nome do finado ou da finada. O roteiro não mudava: Eduardo reiterando sua inocência e a presunção de que a vítima, por ser um pobre coitado de rua, certamente estava embriagada. Ou até coisa pior: noiada pelo crack. Ao chegar em casa, o réu pouco interagia com Elena. Tinha dor de cabeça, dor de dente e um tremendo mau humor. O home theater na sala do casal era um pássaro mudo. Elena estava sofrendo. Ah, se ela fosse uma ratazana, pularia correndo desse barco.

Nove meses depois, um juiz absolveu o procurador de justiça. Nos autos, a alegação de que as provas contra o acusado eram inconclusas. A última frase do auto dizia: "Em caso de dúvida, a Justiça fica ao lado do réu". Mas até que o juiz determinou um pequeno castigo. Ordenou que Eduardo fosse obrigado a entregar duas cestas básicas, todo dia 30 do mês, pelo período de um ano, para um centro de acolhimento de pessoas morando na rua. A imprensa tradicional apenas reproduziu a sentença. Também disse que tentou falar com o procurador de justiça, mas este não retornou. E as redes sociais? Já nem lembravam do caso, estavam ocupadas em pedir a prisão imediata de um homem flagrado em um vídeo espancando um cavalo no haras em que trabalhava.

Quando a semente da desconfiança cai no jardim de um relacionamento amoroso, ervas daninhas passam a proliferar. Elena nunca digeriu de forma satisfatória a versão da inocência de Eduardo. O marido também sentia um desconforto, passou a beber mais e a falar menos.

O casal até tentou alguma normalidade: escapulidas à Barra do Sahy, onde haviam alugado, logo depois do casamento, uma casinha rodeada de Mata Atlântica; sessões na Sala São Paulo acompanhando Mahler ou Beethoven; almoços de carne argentina e batatas rústicas no Martín Fierro da rua Aspicuelta. Mas sabe quando a gente entra no carro, bem cedinho, e os vidros, de tão enevoados, tornam impossível pegar a visão? Assim estava esse matrimônio. Tia Elisa tudo percebia e nada queria dizer. Esperava que a sobrinha tomasse a iniciativa de pedir colo ou conselho. Elena era uma esfinge, seguia trabalhando na Parto em ritmo frenético. Esmerando-se no lançamento de tudo de Andrés Caicedo, evitando o começo da noite, retardando o pedido do Uber para o apartamento.

Às dez horas de um domingo quente e morrinhento, Eduardo acordou e ligou a TV, a todo volume, numa corrida de Fórmula 1. Transssssssssss. Elena pediu:
— Por Deus, baixa esse volume!
— Por Deus, Elena, me deixa em paz!
Eduardo aumentou o volume: transssssssssss.
— Você ficou maluco?
— Tá incomodada?!? Vai embora. Abre a porta. Se manda daqui.
O marido não estava falando, ele berrava. Levantou-se. Apontou o indicador para a cara de Elena. Despejou:
— Você não quer ficar comigo. Não quer transar comigo. Não quer ver televisão comigo. Você não me res-pei-ta mais!

Agora foi a vez do sangue ferver no rosto de Elena:
— Eu tenho que respeitar o digníssimo procurador de justiça? Respeitar a autoridade que atropelou e matou um homem, porque dirigia uma BMW em alta velocidade?
O marido ficou lívido. Ao contrário da mulher, seu sangue desapareceu do rosto.
Elena continuou:
— Res-pei-tar o canalha que jogou a culpa no morto, quando era ele que estava bêbado? E como punição teve que morrer em duas cestas básicas por mês? Cestas que não representam nem 1% do que ele ganha?

Pronto, Elena rasgou, como folha que não presta mais, o angustiante silêncio que a sufocava, que nauseava sua alegria de viver, desde aquela noite de temporal com ventos fortes em São Paulo. O marido parou de raciocinar, deixou de ouvir o transssssssssss, deu um soco no nariz da mulher. Eduardo quebrou o nariz de Elena. Ela desmaiou, ele pôs as mãos na cabeça e chorou. Nessa cena doméstica, às 10h11, a história de amor do casal caiu no assoalho como leite derramado. A cor branca tingiu-se de vermelho. Fim.

O divórcio correu célere. Teve a intervenção da tia Elisa que, elegante e diligente, enquadrou o marido da sobrinha: "A única maneira de você evitar um segundo escândalo na sua vida, e esse bem mais prejudicial, garanto... A única forma de me segurar para não denunciar você na polícia por violência doméstica, por ter quebrado o nariz da sua mulher, denúncia que eu adoraria fazer, mas que prejudicaria minha sobrinha também, porque deixaria ela mais constrangida do que já está... Só tem um jeito, Eduardo, você vai ficar pianinho e concordar com o divórcio nos termos que Elena desejar. E, se você cruzar com ela na rua, atravesse correndo para o outro lado. Estamos?" Eduardo concordou com tudo. Depois desse dia, o casal só se encontrou para assinar os papéis. A triste despedida de três anos de casamento. Não se falaram, não apertaram as mãos, não se olharam nos olhos. De forma diferente, cada um sentiu alívio ao fechar o último capítulo desse romance ruim.

Dois mil e cento e noventa e nove dias se passaram do nariz arrebentado de Elena para esse exato momento em que ela esconde a ratoeira "porta-isca" atrás do vaso de begônias. Muita água, limpa e suja, passou por debaixo da ponte. Teve uma pandemia, um autêntico cisne negro que abalou o mundo inteiro. Esvaziou escritórios, bares, ruas. Afastou efusões físicas, criou protocolos. Aproximou as pessoas da ciência. Epa! Nem todas. Surgiram os negacionistas também. Gente dizendo que a Terra era plana e que as vacinas de nada serviriam. Entre os negacionistas brilhou o presidente do Brasil, cuja leniência em facilitar as vacinas carimbou o passaporte de muitos velhinhos para o céu. A querida tia Elisa foi na leva desses tantos mortos. A covid-19 agiu de forma implacável no organismo da senhora de oitenta e oito anos. Elena, sua única herdeira, ficou com os investimentos da tia e, é claro, com a Parto Editora.

Mas agora a campainha tocou. É o primo Kiko que veio para um abraço e um chá:

— Elena, você está cada dia mais bonita! Não mudou nada.

— Imagina, Kiko, não mudei nada? Acabei de fazer quarentinha.

— Uma menina! — Ele riu.

— E você, Kiko, tá com quantos?

— Bati nos cinquenta e oito.

— Maior sucesso o seu *Forever Young*. Aliás, Olívia ficou impressionada. Me disse que vai aproveitar alguns comentários de seus seguidores no livro.

— Olívia. Gostei dela. E como anda o livro?

— Até hoje, ela não me mostrou nada. Mas eu confio na competência da velhinha.

Agora é Elena quem ri aqui.

capítulo 5

pega a visão

Toda nova escrita pede um método particular, só dela. É certo, pensou Olívia, se você escreveu a vida inteira, há caminhos que você sabe que não vão dar em nada. Ou até vão dar. Numa rua sem saída. Tudo vai virar gesso. Uma ideia pode nascer fresquinha e enrugar caso você não encontre a forma certa na qual essa ideia possa crescer e até voar. Já outros caminhos parecem nos chamar, cochichando assim: vem por mim que eu te levo lá. "Quando eu escrevia para jornais, mesmo sabendo que no dia seguinte ele serviria principalmente para embrulhar o peixe, eu me esmerava ao máximo. Sempre tive a consciência de que o leitor merece ler uma escrita bem escrita." Olívia então riu do próprio pensamento. Quem sabe, afinal, ela não seja uma escritora hesitante e muito menos medrosa. Talvez esteja tão só experimentando a terra do caminho, se perguntando: "Dará para ir descalça ou será melhor usar botas?"

Foi no meio dessas divagações que Olívia lembrou, na velocidade relâmpago, de Nadine Gornick, a velha senhora. Judia, agnóstica e feminista. Nossa escritora tinha entrevistado Nadine há dez ou quinze anos. Plugou o HD externo e, pronto, a fala de Nadine apareceu na tela. Olívia começou a ler e encontrou a passagem que a fizera, então, prestar atenção na entrevistada: "Olívia, não é fácil ser mulher em lugar nenhum. Nem em religião alguma. Não é fácil ser mulher no judaísmo, cristianismo, islamismo, budismo, entre os evangélicos. Talvez no candomblé haja uma exceção, as ialorixás, 'sacerdotisas de um terreiro', detêm um tremendo poder, ao menos enquanto estão no terreiro. Mas não é fácil ser mulher em nenhuma cidade ou país. No Brasil, então, valha-me, Nossa Senhora!"

Essa entrevista saiu na revista *Todas por Elas*, que sobreviveu por cinco números. Morreu por falta de patrocinadores. Nenhum banco, órgão governamental, multinacional, fundação cultural se interessou pelos conteúdos com vieses de gênero da publicação. Se ninguém paga pela comida, não tem almoço nem jantar. Mas a entrevista teve ótima repercussão, causou polêmica. Nadine Gornick sempre provocou respostas, porque sempre se posicionou. Nunca permitiu que frangos passassem por gansos, ou espelhinhos por ouro. Tudo do ponto de vista dela, é claro.

Nadine nasceu em 1935, em Kiev. Tinha dois meses quando desembarcou, agarrada à mãe, no porto de Santos. Os pais de Nadine, judeus ucranianos, se mandaram para cá ao sentirem o cheiro do nazismo chegando. Ela estudou engenharia quando era raríssimo mulheres em cursos superiores, particularmente na área das exatas. Mas não foram cálculos para pontes e viadutos que fizeram seus olhos brilharem; foi a militância feminista. Na mesma entrevista, palavras dela: "Eu reparava na vida da minha mãe. Ela tocava piano, desde menina.

Seu sonho era ser solista; era se apresentar em concertos. Era executar a grande música, como ela dizia. Mas meu avô, e depois meu pai, cortaram suas harmonias. Ela se tornou professora de piano para crianças ricas e mal-educadas. A maioria, ela me dizia, sem talento algum. A frustração da minha mãe com a própria vocação primeiro me causou dor. Por fim, revolta. Por que uma mulher não tinha o direito de ser o que ela havia nascido para ser? Daí, quando encontrei algumas loucas feministas, senti: são minhas cúmplices".

Hum, que tal procurar a Nadine Gornick para conversar acerca do envelhecimento? Peraí, Nadine está batendo com os nós dos dedos na portinha dos noventa. Isto é, está vivenciando a velhice da velhice. Será que está lúcida? Olívia se preocupava com isso, porque muitas pessoas com a idade de Nadine passam a pôr o passado no presente e o presente no passado. Às vezes, fica até bonito. Tem uma certa poesia em deslocar os tempos, misturar memórias. Ver o mundo de outro jeito. Será que tem poesia mesmo quando a lucidez se esvai? Ou a sensação é de sofrimento agudo? Olívia sacudiu a cabeça: "Xô, pensamentos ruins. Posso ter uma conversa qualificada com a velha senhora judia, agnóstica e feminista". O que de concreto nossa escritora tinha até agora, para o livro, era uma seleção de comentários dos seguidores do *Forever Young,* do Kiko. O andarilho do Caminho de Santiago, a professora aposentada que seguia ensinando, o atleta das escadas, a ex-bailarina com Parkinson, o viúvo namorando a TV. Boas histórias, sem dúvida. Mas não dá para fazer um livro inteiro só pendurando histórias de vida, como se fossem calcinhas, cuecas, smokings, trapinhos, no varal.

Nadine recebeu Olívia em seu apartamento no bairro do Bom Retiro. Esse bairro merece um comentário. Começando pelo bonito nome que, na verdade, foi o nome da chácara que deu origem ao ajuntamento de pessoas e casas. Isso lá no final do século dezenove. Nos anos 20 do século passado, os judeus foram chegando, formando uma comunidade e, depois, explodindo em fabriquetas têxteis e lojas de roupa. Qual paulistano com mais de sessenta anos não conhece a rua José Paulino? Pelo menos até a década de 1970, o bairro foi um centro de confecção e venda de roupas. Ditou modas. Hoje, o Bom Retiro está muito diferente. As roupas continuam lá, mas brotaram também as lojinhas que vendem traquitanas eletrônicas, miniaturas de bichinhos. E boquinhas com pedras de crack. Os judeus mais velhos ainda estão por lá, mas agora acompanhados de coreanos, bolivianos e, óbvio, brasileiros de todos os cantos. Nos bares e restaurantes, você come ensopados de feijão e carne, baião de dois, salteñas, soja e tofu, tofu e soja. Os pais de Nadine fizeram o trajeto Ucrânia, Nova York, Buenos Aires, Santos, Bom Retiro. Se Nadine resolvesse caminhar de olhos fechados, não erraria um endereço. Ela é o Waze do bairro.

A escritora e a velha senhora dividem ideia e chá na mesa de jantar na ampla sala do apartamento. De onde está, Olívia aprecia a vista fantástica. Do décimo terceiro andar, um pedaço do Bom Retiro, tendo ao fundo a serra da Cantareira, se descortina. É uma visão superurbana, comum em São Paulo no mês de maio, prédios enfileirados sob uma luz dourada, provocada pela severa poluição do ar. Horrível para a garganta e pulmões, mas tão bonita de ver. Olívia repara no piano de parede, um Fritz Dobbet. Nadine percebe:

— Este foi o piano da minha mãe. A máquina de costura dela, só que no lugar de cortar e costurar panos, seus dedos enfileiravam lições de piano. Cresci ouvindo minuetos do Bach, sonatinas do Mozart, valsas e mazurcas de Chopin, prelúdios do Rachmaninoff. Lições de piano que, na minha infância, ajudavam nas despesas da casa e, mais tarde, financiaram minha mesada nos meus anos de estudo de engenharia.

"Não dava para estudar engenharia e trabalhar. O mercado era uma porta fechada na cara das mulheres brancas. Digo brancas, Olívia, porque as mulheres negras nunca puderam escolher não trabalhar, para elas o mercado reservava: varrer, lavar, passar, limpar tudo e cuidar dos filhos das brancas. No meu caso, eu tinha que estudar mais do que os colegas. Na década de 1950, mulheres na Escola Politécnica da USP eram aves raras. As avaliações, em cima das gatas pingadas que éramos, vinham duras e desmotivadoras. Tive um professor, muito conceituado em cálculo, que uma vez me perguntou: 'Você escolheu engenharia para arranjar um bom partido e se casar?

Minha filha, podia ter escolhido um curso mais fácil. Podia ser normalista e, garanto, já estaria casada e com filhos'."

— Agora me conta, Olívia, como você está abordando o envelhecimento no seu livro? Aliás com quantos anos você está?
— Na antessala dos setenta. Não me vejo com todos esses anos. Às vezes, tenho que soletrar: qua-se-se-ten-ta.
Nadine ri e emenda:
— A gente nunca se vê. São os outros que veem nossas idades. Todo dia, o porteiro, a caixa do supermercado, a vizinha adolescente me recordam que tenho oitenta e nove anos. Melhor, sendo bem sincera, a dor nas minhas pernas e o espelho do banheiro também me dizem o quanto estou velha.
— Nadine, quanto ao livro, estou só no começo. Recolhendo o que vou usar. Selecionei alguns comentários do canal *Forever Young*, do Kiko. Conhece?
— Rede social? Não sei nada disso. Nem quero! Olívia, você está pensando em usar material da internet no seu livro?!?
— Por que não? Mas não só. Você, Nadine, vai entrar no meu livro.
— Entrar como? Você vai encarar a velha feminista que acredita que o feminismo é, sim, uma revolução? E que tem certeza que as redes na internet são um hospício? Você é uma escritora corajosa, Olívia?

Nadine se animou ao falar da revolução que o feminismo provocou na vida das mulheres.

— Acho que, se mamãe fosse jovem hoje, ela poderia fazer do piano, piano. E não uma máquina de costura. Eu mesma poderia ser uma senhora engenheira, que acabei não sendo, porque foram tantos os entraves, os preconceitos, os assédios, as puxadas de tapete. Houve uma época que, mesmo com o diploma na mão, eu deixei de acreditar em mim. Perdi as forças. Até entender que eu não tinha perdido as forças, na verdade, o ambiente patriarcal tóxico foi quem me enfraqueceu. Aí, quando eu encontrei as feministas dizendo: "Sua vida lhe pertence", afirmando: "Existe felicidade além do marido e dos filhos", foi aí que dei a volta na chave e saí dirigindo pelos meus caminhos. O resto da minha história você conhece bem.

Olívia encheu-se de ternura e de admiração pela mulher sentada à sua frente. Vinte anos mais velha do que ela. Tinha idade para ser sua mãe. Olívia recordou de uma pequena história que sua própria mãe contava. Ela em um salão de beleza, recebendo um elogio do cabelereiro: "Você é tão bonita que podia ser modelo. Posso fotografar seu corte?" A mãe de Olívia voltou feliz para a casa e contou o elogio recebido para o marido. Ele ficou em fúria e a proibiu de voltar ao salão. "Nunca mais você pisa lá." Coisinha pequena? Titica cotidiana? Não. Porque a mãe repetiu essa frase muitas vezes: "Você é tão bonita que podia ser modelo. Posso fotografar seu corte?" Em todas elas, seus olhos brilhavam. Em todas elas, Olívia sentiu raiva do pai.

Então, Nadine Gornick pega sua bengala e convida nossa escritora para dar uma volta. Mas, antes, puxa um livro da populosa estante da sua sala.

— Já releu *A velhice,* da Simone de Beauvoir, Olívia?

— Na verdade, nunca li.

— Meu Deus, é um ensaio obrigatório para alguém que está escrevendo um livro falando de envelhecimento.

— Pois é.

— Pois é? Compre e leia. Ou você vai tirar tudo da sua cabeça?

Figueiras, palmeiras, jaqueiras. As duas mulheres entram no Jardim da Luz. Um fenômeno de longevidade, se lembrarmos que esse Jardim teve sua origem, em 1798, na função de Jardim Botânico de São Paulo. Longevo na megalópole que se orgulha de não deixar nada em pé, que confunde progresso com retroescavadeiras, onde o que dura mais de duas décadas ganha o selo de antigo, quando não de ultrapassado. O Jardim da Luz segue no coração do Bom Retiro, em frente à monumental estação de trens da Luz. A escritora, que não leu Simone de Beauvoir, sabe, é claro, que a francesa foi companheira do Sartre e autora de uma frase muito difundida em publicações e até na internet: "Não se nasce mulher, torna-se mulher". Nossa escritora caminha segurando no braço da velha senhora judia, agnóstica, feminista e muito sabida. Olívia, de relance, observa a marcha de Nadine. Ela anda pelos caminhos sinuosos de pedra do Jardim com muito vagar e prudência. Olívia repara os ombros arqueados da amiga. Fala para dentro: "Ela está velhinha".

Param, então, para descansar num banco em frente a um pequeno lago. Lá estão peixinhos e, oh, tartarugas. Silêncio. Até Nadine pegar a palavra.

— Eu não entendo essa história de geração X, Y, Z. Fico tonta quando leio acerca disso. O que observo, e me deixa espantada, é quanto as jovens e jovenzinhas desprezam as conquistas das feministas. Elas acham que o direito ao voto, a ter propriedade e conta bancária no próprio nome caíram de árvores, como uma manga daquela mangueira ali em frente. Elas desconhecem, por exemplo, que o Banco do Brasil só admitiu mulheres, por concurso, em 1969! Antes, só os rapazes podiam usufruir desse então excelente emprego. Se esquecem que, até a Constituição de 1988, os homens eram considerados "a cabeça do casal". Para mim, essa ignorância é espantosa. E perigosa. Porque todo direito conquistado é também um direito ameaçado.

Silêncio.

— Me dá seu braço. Vamos até o coreto, Olívia.

O coreto do Jardim da Luz é uma edificação, estilo art nouveau, uma joia.

— Olívia, vou contar uma história que vivi aqui. Eu devia ter uns quinze anos, quando a Associação Judaica do Bom Retiro organizou uma festa para a comunidade. Uma festa musical. E surpresa! Convidaram minha mãe para se apresentar ao piano. De repente, neste coreto, estava ela realizando, com seus dedos no teclado e pé no pedal, a grande música. Ela escolheu a "Hava Nagila" nava, ragila, nava... tan... tan. Hei... hei... Eu olhei bem para minha mãe. Seus olhos eram dois sóis ao meio-dia. Ao menos no meu céu.

capítulo 6

altruísmo

Ao despedir-se de Nadine Gornick, Olívia pegou o metrô para voltar ao seu apartamento na Liberdade. A conversa com a dama judia, agnóstica, feminista havia inspirado nossa escritora, tamanha a agilidade física e intelectual que Nadine demonstrara. "Quando, de verdade, eu ficar velha, quero ser como ela. Quero puxar orelhas como ela puxou a minha por não ter lido a impressionante Simone de Beauvoir." Olívia está rejuvenescida porque esteve com uma mulher mais velha do que ela. Mas, de repente, é assim que nossa capacidade de se iludir funciona. Mas uma hora deixa de funcionar. Ela rememora o dia, em frente ao mar, em que sua mãe tirou de dentro a frase: "É tudo ilusão". Mas quanta maturidade e sofrimento são necessários para formular essa curta sentença?

Saindo da estação da Liberdade, ela deu de cara com a cena recorrente: pessoas embrulhadas em cobertores sebosos. Pessoas tristes, despossuídas de tudo, a não ser de seus corpos. Maltratados. Os despossuídos da cidade com maior PIB do país. Seria um título bom para um livro, Olívia divagou. Escapar do momento presente para um pensamento de palavras, títulos, livros era um truque que nossa escritora usava para se proteger da visão de tanta gente largada nas calçadas imundas. Nem sempre foi assim. Com certeza, ela já foi mais empática. “Fui uma criança sensível.” E completa o pensamento: “Sou uma velha impiedosa”. Talvez isso seja um exagero. Envelhecer não é salvo-conduto para um coração de pedra.

Olívia vê uma mulher desenrolando-se do cobertor seboso, levantando-se com dificuldade do chão. Então, a mendiga atravessa a rua em direção à estação de metrô. Ao cruzarem os olhares, Olívia se compadece. A velhice vulnerável, pobre e abandonada, corta como fio de faca alemã. Olívia reconhece, na outra, sua própria idade, e a diferença sustentada pelas condições materiais de vida. Nossa escritora desvia o olhar. E as semelhanças? As duas não atravessam mais as ruas com rapidez, não se levantam com a prontidão de poucos anos atrás. Não são desejadas por ninguém. De qualquer maneira, elas sabem que o futuro que as espera é curto.

Ao acender a luz do apartamento, Olívia traz gravado o olhar da velha despossuída. Olhos nublados, sem alegria alguma. Sem alegria nenhuma? É possível isso? Talvez seja. Será que o brilho que, todavia, há nos meus olhos tem data de validade? É fato que eles estão menores. Isso aconteceu na travessia da pandemia da covid-19. Será isso uma preparação? Uma premonição da velhice da velhice? Com a cabeça ela faz um movimento de negação. “O que eu quero é escrever um livro positivando o envelhecimento. Um livro mais de encontros do que de desencontros. Não são as diferenças das velhices que me atraem. Elas existem. São evidentes. Mas o que eu espero é vislumbrar a coincidência nas velhices. O que é comum em todos os velhos. Ah, preciso dizer isso para Elena. Ela anda desconfiada que eu estou um tanto vacilante."

A seis quilômetros dali, no Pacaembu, Elena, sentada à larga mesa da Parto, está matutando as indecisões de Olívia. Elucubrações, melhor dito. "Sempre que pergunto: 'E aí, como está nosso livro?'; ouço: 'Está indo'. Ou 'Estou desenhando o melhor caminho do texto'. Coisas vagas. Não entendo o que essas coisas querem dizer. Às vezes, penso que Olívia está presa à jornalista que sempre foi. Tem uma tremenda dificuldade em soltar a mão e escrever em um espaço de liberdade. Quando encomendei o livro do envelhecimento, não determinei um gênero. Não pedi um ensaio, um romance, uma autoficção. Eu disse: escreva! Foi um erro da minha parte? Talvez. O fato é que não ter ciência de como ela está escrevendo me dá margem à insegurança. Tia Elisa aconselhava: 'Tenha paciência com os autores'."

Certo dia, a tia de Elena carimbou: "Escritores de literatura são crianças grandes. Uma hora, estão mortos de entusiasmo; outra, estão vivos de medo. Parecem combatentes de uma guerra sem fim. O adversário são eles mesmos. Passam a vida indagando: 'Tenho talento? Sou original? Sigo ou desisto?' Bem-me-quer, mal-me-quer. Não importa a idade, dezoito ou setenta, não importa se é o primeiro ou o nono livro, sempre choramingam por mais leitores, por maior reconhecimento. A vitória não existe para eles. Os poucos que chegam perto de alguma glória desconfiam de si mesmos".

Mas Elena está enganada. Olívia não está perdida. Ela apenas se encontra no começo do livro, lutando com seus próprios demônios. Não é jornalismo o que ela deseja fazer. Por sinal, ela tem a sensação de que o jornalismo é uma praia deserta há muito. Não porque ela tenha sacudido a esteira, calçado as havaianas e saído à francesa. Quem fez isso foi o público dos jornais. Fez porque a principal matriz de informação mudou. O digital apareceu, tornando-se o mar da vez. Jornalistas da mídia impressa foram perdendo o antigo glamour e a conquistada autoridade. Hoje são, volta e meia, xingados pela turba. As mães da classe média desencorajam suas filhas e seus filhos a casarem com jornalistas: "Por favor, quer morrer de fome? Procure um *chef de cuisine*. Eles têm mais prestígio e dinheiro no banco".

Nossa Olívia experimentou essas transformações na pele dos seus anos. Quando menina, nos 1960, vendo seu pai ler jornais todas as manhãs, intuía que jornalistas eram importantes, pois seu pai era importante para ela. Enquanto lia, não raro, ele se enfurecia soltando impropérios ou manifestando elogios: "Este editorialista é infame". "Este articulista argumenta muito bem." Volta e meia, vinha a pior das ofensas: "Este repórter é um analfabeto". De maneira que editorialista, articulista, repórter passaram a formar um léxico na infância da garota. Na década seguinte, foi ela quem se tornou leitora de jornais. Devorava *O Pasquim* da primeira à última página. Alguns anos depois, tornou-se estudante de jornalismo.

Até hoje, ela traz na memória o quanto valorizados eram esses profissionais. Não financeiramente; profissionais da escrita sempre penaram. Tratava-se de uma valorização imaterial. O público os considerava pessoas sabidas, cultas até. Pessoas com óculos argutos para ver os fatos, para interpretar os acontecimentos. Tinha leitor que assinava determinado jornal só por conta de um articulista. Tinha leitor que desistia de um amigo, por este aderir ao jornal concorrente. Mentira? Conto a passagem de um homem que se negou a ler o obituário da própria irmã, pelo fato de ele ter sido publicado num jornal de direita. Mas pronto. Tudo isso cheira a naftalina de baú.

— Olívia, tudo bem?
— Tudo certinho. E você, Elena?
— Tudo indo, como dois e dois são cinco. Brincadeirinha... E nosso livro, terminou?
— Hahahaha. Ele está no bom caminho.
— Ótimo. E quando dará para eu ler alguma coisa?
— Não vai dar. Ainda não tem nada escrito.
— Olívia, nenhuma página?!!
— Vou melhorar a resposta. O livro já tem várias páginas escritas, mas é bem mais um pré-livro. Ou, dizendo de outra forma, estou na fase do namoro. Ainda não casei.
— Hahahaha, vocês escritores...
— Hahahaha, vocês editores...

Depois dessa conversa pelo WhatsApp, Olívia sentiu a ansiedade galopar, na velocidade em que o elevador sobe os trezentos e sessenta e oito metros até a Torre de Televisão na Alexanderplatz, em Berlin. Leva um minuto precisamente. Talvez a editora esteja com a razão, a escritora está bloqueada. O que tem, até aqui, é um sopro, uma aragem, um pingo d'água. Com esses elementos, difícil escrever um livro. Um objeto formado por páginas escritas. "Escritas", Olívia repetiu para si mesma. É verdade que o pré-livro existia. Ela está vendo o documento na tela. O futuro livro ainda não tem nome. São fragmentos. Um pouco da Nadine Gornick, historietas dos fãs do *Forever Young*, do Kiko. Registros de suas próprias memórias. Sua atenção foca no comentário de sua avó paterna, aquela que morreu dizendo: "Eu não tenho medo de morrer". "O que será que eu faço com essa frase? Começo ou finalizo meu livro com ela? Meu deus, de repente, não tenho quase nada. Mas sei o que me move: a compulsão de escrever com estilete, no tronco de uma árvore: 'Eu estive aqui'."

Para deter pensamentos turbulentos e sensações incômodas, Olívia faz o que sempre fez em momentos de apreensão: vai dar uma volta. Nada que uma boa caminhada não resolva. Vai em direção à Catedral da Sé. Sede da Arquidiocese de São Paulo, palco católico de importantes manifestações políticas. Em uma delas, Olívia, então estudante de jornalismo, com seus vinte anos, compareceu. Ela se juntou aos milhares que protestavam contra a morte, sob tortura, do jornalista

Vladimir Herzog (1937-1975), nas dependências do DOI-CODI, o temido e horrendo aparelho de repressão da ditadura militar brasileira. Sempre que olha para a imponente catedral de estilo neogótico, Olívia se lembra dessa missa de sétimo dia. Como também se recorda de ter comparecido na homenagem póstuma da médica e fundadora da Pastoral da Criança, Zilda Arns. Morta no terremoto que arrasou o Haiti, em 2010.

A Catedral da Sé está localizada na praça com o mesmo nome – o lugar mais central de São Paulo, tendo no meio um marco de pedra, referenciado como marco zero da cidade. E novamente, novamente, ela presta atenção na quantidade de pessoas, deitadas no chão, envoltas por cobertores sebosos e fedorentos. Ah, o fedor humano é um cheiro nauseabundo. Nossa escritora sente ânsia e foge rapidamente. Ainda flaina por algumas ruas da Liberdade até entrar no prédio do seu apartamento. Ao acender o abajur de sua sala e desabar na poltrona, ela sente um alívio delicioso. Volta ao celular, se concentra em "scrollar" o feed do seu Instagram.

Então seus olhos são invadidos pela oferta vertiginosa de "Saiba mais", para comprar cursos de inteligência artificial, copys e narrativas para marketing digital. Dezenas de posts de poetas e prosadores. Lançamentos de livros, estreias de filmes, comentários políticos, memes e memes. Piadas, receitas de batatas fritas, bichinhos fofos, cães maltratados, efeitos de felicidade. Celebrações de aniversários, casamentos, formaturas. Opa, essa foto aqui. Minha velha turma de faculdade comemorando um encontro no Canto da Vila, na Medeiros de Albuquerque. Olívia se detém em cada um: "Este está velho, esta está gorda, a outra segue linda, o outro ainda fuma. E aqui, no cantinho da foto: é a Gina? Sim! Gina, a bela. Há quanto tempo que não sei nada dela! Põe fácil umas quatro décadas aí".

Num efeito cinematográfico, Gina sai da foto no Instagram e se materializa com quarenta anos a menos na frente de Olívia. Corpo magro, pernas compridas, cabelo até a altura da cintura. Dentro da bolsa de couro cru, com franjinhas, uma maçã. Gina, para espanto da Olívia da época, almoçava maçãs. Vieram os olhos verdes esmaecidos. Muito profundos. As mãos vigorosas com dedos de pianista. Parecidos com os da mãe de Nadine Gornick? Nos seus pés grandes, sandálias franciscanas. Gina dentro de uma saia longa, estampada com motivos indianos. Gina Shangrilá.

Uma onda de calor subiu pelo corpo de Olívia. Como eu esqueci de Gina? Ela é chave para o meu livro. Tão representante do final dos anos 1970. Quando os autênticos hippies estavam decaindo, mas ainda deixavam seus sinais em herdeiras como Gina. Uma vontade de sabê-la hoje tomou conta da nossa escritora. Por onde andará, o que faz, o que pensa quarenta e tantos anos depois? Preciso falar com Gina. Os olhos de Olívia brilham. Eureka!

capítulo 7

divino maravilhoso

Poderia contar com detalhes abundantes o que Olívia precisou fazer para se encontrar, neste exato momento, abraçando Gina, na porta da pousada Divino Maravilhoso, na praia Doutor Tesoura, em Itanhaém. Antes que comecem as especulações movidas pela curiosidade, esclareço que o nome da praia tem a ver com um fato ocorrido nos anos 1940, quando um médico, proprietário da casa mais suntuosa da praia, em uma cirurgia, esqueceu uma tesoura na barriga de uma paciente. Então, apesar de não ser o nome oficial da praia, é assim que o povo caiçara a chama: praia Doutor Tesoura. Fim da especulação.

Irei omitir as trilhas rocambolescas que Olívia costurou, tendo como porto de partida, há três meses, uma foto de Gina num jantar de confraternização, publicada em uma rede social. Por que omitir? Pelo respeito ao seu tempo, querida e querido leitor. Porque o tempo é mais do que a areiazinha na ampulheta. Mais do que os ponteirinhos no relógio analógico. Ele vai muito além da hora cravada na Alexa – por sinal, agora são 09:13. O tempo é galope nas nossas veias, dando coices para abrir caminhos. O tempo é luta medonha para ficar na vida. Quando ele termina, terminamos nós. No entanto, acho que vale a pena contar como Olívia e Gina se conheceram. E qual primeira impressão uma causou na outra. Vamos começar por Gina, sob o olhar de Olívia.

"Gina tinha algo de Eva. A primeira mulher. A fulana que induziu o Todo Criador a expulsar o decente Adão do Paraíso. Eva, a carne. Adão, o espírito. Eva, a puta. Adão, o beato. A matreira que, com corpo de serpente, ofereceu uma maçã ao ingênuo Adão. Por esse ato impertinente e subversivo, Deus condenou a nós, descendentes do infeliz casal, a 'ganhar o pão de cada dia com sangue no próprio rosto.' Há quase cinquenta anos, Olívia escreveu mentalmente as palavras acima, ao observar a colega de faculdade, Gina, almoçar uma maçã. Todos os dias, ou quase todos os dias, Gina puxava de dentro de sua bolsa de couro, surrada e com franjinhas, a fruta e o canivetinho suíço. Gina tinha as pernas compridas e cabelos que batiam na cintura. Um olhar que parecia distribuir amêndoas pelos cantos que investigava.

Já Olívia, sob o olhar de Gina, era uma garota com sorriso bonito que só. Mas nela também havia uma certa sem-gracice. Talvez um semblante um tanto tenso. Talvez uma seriedade precoce para a idade, levando os colegas a confundi-la com severidade. Olívia parecia alguém que havia acabado de completar a corrida de São Silvestre. Essa corrida do 31 de dezembro, com a enorme ladeira da Brigadeiro Luís Antônio bem no final. Daí não aceitar a maçã oferecida por Gina, precisava de arroz, feijão e farinha de mandioca. Por sinal, esse era o menu que ela comia no refeitório central da USP. Um bandejão infernal. De fato, tinha algo triste em Olívia. Talvez as coisas fossem mais difíceis para ela do que para a maioria dos colegas. Mas tudo isso está tão longe no calendário. É bem provável que a gente nunca descubra o que é fato, o que é invenção. Esse é outro atributo maluco do tempo: criar novas histórias partindo de ocorrências muito antigas.

Gina julgava Olívia, avaliava se a convidaria para seu seleto grupo de amigas na faculdade. Ou se a manteria, como o fez, na gavetinha com a etiqueta: 'Colega de faculdade e companheira no movimento universitário'. Talvez seja útil informar que as duas, naquele então, eram militantes da *Liberdade e Luta*. A tendência estudantil mais divertida, produtiva, burguesa daqueles últimos anos de 1970. Nesse momento histórico, o movimento estudantil tinha brilho, propostas para o país, protagonismo social e cultural. E, é claro, carregava caminhões de utopias. Imaginava camponeses em iates e milionários na roça. Não, isso é brincadeira. A geração de Gina e Olívia tinha boas intenções na corrente sanguínea. Ao contrário das novas gerações, a distopia não era atraente. A geração de Olívia e Gina acreditava que seria possível organizar, ou mesmo deter, o caos. É certo que dá para entender que distopias sempre serão mais populares que utopias. Pelo banal motivo de que é mais fácil fantasiar com o que pode dar errado do que com o que pode dar certo.

Havia também uma divertida dicotomia entre Gina e Olívia. Os pais. O de Olívia era comunista, ateu, insuportavelmente provocador. Dizia para os filhos pequenos: 'Deus é uma invenção dos homens'. E gargalhava. Ao mesmo tempo, havia matriculado a pequena Olívia em um colégio de freiras. As irmãs do Santa Teresa de Jesus afirmavam: 'Comunistas comem criancinhas'. Olívia, um tanto assustada, contava para ele o que as freiras falavam dele. O pai achava graça e rachava mais um hahahaha. O pai de Gina era pastor. Um luterano nos trópicos. Ele tentava manter alguma moralidade no meio dessa anarquia religiosa, que nos desenha como nação, que vive acendendo uma vela para Deus e o outra para o Diabo. Ele sorria pouco e acabou morrendo pelo fígado envenenado. Pode escrever: as duas levariam esses pais pelo resto de suas vidas. Olívia nunca acreditou em nenhum patrão. Gina perdeu a oportunidade de atuar em um longa do Cinema da Boca, antes de se mudar para Berlin, porque não aceitou fazer uma cena de striptease."

Posso dizer que nossa escritora queria ser mais amiga de Gina do que Gina da nossa escritora. Mas nada como águas passadas sob a ponte da vida que segue. Durante décadas, Olívia havia se esquecido de Gina. Vez ou outra, voltava uma imagem nebulosa: as duas se beijando na boca? Em uma festa de estudantes num apartamento na João Moura, em Pinheiros? Ou o beijo teria se dado na cozinha de um sobrado, sede do grupo surrealista do qual Gina e Olívia fizeram parte. Sim, os franceses nem suspeitam, mas o espírito de André Breton – o capo do movimento surrealista –, Paul Éluard e cia. encontrou guarita no bairro paulistano da Zona Oeste. Foi uma produtiva releitura da vanguarda europeia feita por macaquinhos debochados, malandros, malnutridos, malcriados que afinal somos, os brasileiros. Mas Olívia não parece interessada em investigar a lembrança desse beijo na boca. Agora, agarradinha na maçaneta que abrirá a porta para os seus setenta anos, ela anda misturando fatos com imaginações, feitos com desejos. Ricota fresca com pimenta-malagueta.

"Para mim, não importa se Gina e eu nos beijamos faz quarenta e tantos anos. Não acrescenta e nem retira nada das nossas jornadas. Minha curiosidade é saber como ela viveu, desde aquela moça puxando de dentro da bolsa de couro a maçã e o canivetinho suíço, até esta Gina manejando a Divino Maravilhoso, em Itanhaém, litoral sul de São Paulo. Que coisas aconteceram nesse enorme intervalo entre a estudante de teatro da Escola de Comunicações e Artes e a mulher grisalha que, neste momento, está lavando potinhos de cerâmica que serviram a granola integral, xícaras e o bule de chá com capim santo que acabamos de apreciar no refeitório da *Divino Maravilhoso*, em frente ao mar do Doutor Tesoura. Somos duas senhoras em torno dos setenta anos. Que coisa! Pois ontem mesmo éramos duas garotas em torno dos vinte."

— Olívia, você está escrevendo um livro sobre velhas? É engraçado. De alguma forma, eu sempre esperei por um livro seu. De vez em quando, pensava: cadê o livro da Olívia? Porque, olha, se alguém iria escrever um livro, certamente seria você. Me lembro da Olívia com o nariz enterrado nas páginas, cheirando as letras como quem cheira cocaína. A cabeça baixa, anotando, anotando em caderninhos. É assim que se forma um escritor? Ou um escritor se forma nas ruas, nas turbulências, nas ressacas alcoólicas, nas iniquidades? Escritores são anjos ou filhos da puta? Acho que as duas coisas, não é? Mas o fato é que seu livro não apareceu. Confesso, fiquei meio decepcionada. Eu esperava o livro da Olívia. Você era tão séria. Eu tinha a impressão de que, enquanto a maioria de nós carregava camisinhas na mochila, você carregava livros.

— Eu também esperava mais de mim. Mas, Gina, eu escrevi mais de um livro, só não consegui publicá-los. As editoras não curtiram e meus colegas jornalistas pouco puderam ajudar. Estávamos todos metidos na camisa de força da sobrevivência. E, é verdade, também tentávamos fazer um pé-de-meia. Sabe a história de comprar um apê pra sair do aluguel? Não se trata de arranjar desculpa. Mas um livro autoral, uma história de ficção, exige tempo de realização. Exige que você compreenda que, neste caso, o trabalho nada tem a ver com remuneração. E algum dinheiro do bolso você irá tirar. É um luxo, né?

— Você conseguiu comprar o apê?

— 42 metros quadrados de propriedade no bairro da Liberdade.

— Olívia, você alguma vez acreditou que ficaria rica?

— Rica? Nunca. Mas acreditei que teria prestígio. Quando eu era jornalista na ativa, sonhava em ganhar o Prêmio Esso. Ou até ser entrevistada no programa *Roda Viva*. Eu, sentada naquela cadeira giratória, dando respostas inteligentes. Gina, prestígio, para mim, era muito mais do que nome de chocolate. Eu alimentei altas expectativas em mim. Mas, para qualquer coisa acontecer, é preciso que outras pessoas também queiram. Impossível conseguir qualquer coisa se você estiver sozinha. No meu caso, essa visibilidade simplesmente não rolou. Ninguém influente estendeu a mão ou se recordou de mim numa boa oportunidade.

— Isso magoa você?

— Hum... Não mais. Aliás, uma coisa boa da velhice é que a gente esvazia o estoque das ilusões.

Na manhã seguinte, assistindo ao sol sair do mar, um espetáculo, pois Itanhaém tem um nascer do sol de calar a boca da concorrência. Olívia se sentiu satisfeita em ter aceitado a sugestão de Gina de passar a noite e, portanto, o dia de hoje, na *Divino Maravilhoso*. "Você é minha convidada", disse Gina. Olívia é jornalista. Para ela, em princípio, todo mundo é uma fonte. Se, para o pescador, caiu na rede é peixe, para a jornalista, entrou no radar é aspas. A amiga é uma fonte irrigando seu livro acerca do envelhecimento. Mas o que Gina disse de relevante até agora sobre o tema?

Olívia confere nas páginas do seu *moleskine*: "Eu não tenho medo da velhice, tenho medo da morte, e como o auge da velhice é a morte...". Outra anotação de uma observação de Gina: "Os jovens parecem não prestar atenção nos velhos. Mas nós, os velhos, prestamos verdadeiramente atenção nos jovens? Ou juventude e velhice são águas conflituosas de um mesmo rio? O rio da vida?" Sim, valerá a pena conversar mais com Gina. Pescar conteúdos como esses.

No refeitório, o café da manhã desdobra-se preguiçoso. Gina insiste que Olívia se sirva de mamão, manga, melão. Olívia esclarece que raramente come frutas. Gina a repreende: "Você quer envelhecer sem saúde?" Olívia, então, se imagina numa cama de hospital morrendo de insuficiência de fibras, vitaminas, antioxidantes, quando uma médica fria e indiferente solta o torpedo: "Deveria ter comido mais frutas. Agora é tarde para remediar. Você morrerá esta noite".

Felizmente, nossa escritora é interrompida pela chegada da filha de Gina.

— Filhota, vem conhecer a Olívia, minha amiga desde o jardim de infância. Ou quase...

Olívia, no ato, reconhece a filha de Gina.

— Odara? Que mundo pequeno! Você é a mulher do Kiko, né? Outro dia, trabalhei com o Kiko na casa de vocês. Você passou e tive impressão de que você nem me notou. Mas eu olhei bem para você e vi: que linda.

Antes de Odara responder, sua mãe rouba a palavra:

— Num acredito, Olívia. Que coincidência. Pois olha, mais tarde, vou apresentá-la ao meu outro filho, o Marcelo.

Ele quem cuida do administrativo-financeiro da pousada. Você não achou que era eu, não é?

Depois, Gina acrescentou que Odara e Marcelo eram filhos dela com o Filósofo.

— Lembra dele, Olívia?

capítulo 8

berlin

"Fi-ló-so-fo? Evidente que o esqueci. Mas, agora, com a pergunta de Gina, começo a lembrar. Depois de alguns anos sem notícias da minha amiga, em um encontro, por acaso, com a irmã dela, fiquei sabendo:

— Gina se casou com o Filósofo, mudaram para a Alemanha. Ah, eles têm dois filhos, um casal. O Filósofo está de boa. Dirige um instituto voltado para filmes do Terceiro Mundo.

— E a Gina? — perguntei.

— Sabe como é para nós, as mulheres... e mães. Ela tenta! Entra num grupo de teatro, sai. Entra numa associação de mulheres imigrantes, enche o saco. Sabe, pedra rolando na descida da serra? É a Gina, segundo a poesia de Lupicínio Rodrigues: 'Sem ter nunca um cantinho de seu pra poder descansar'. Tudo muito incipiente. Ah, Olívia, acho que a gente é mesmo um puxadinho. O Filósofo se arranjou, minha irmã virou sombra dele.

— Gina, sombra? Ah, isso é improvável. Lembro dela tão brilhante.

— E o Filósofo, como você se lembra dele?

— Hum, não muita coisa. Ah, peraí. Ele era um cara superbonito, unanimidade entre elas e eles. Superarticulado, né? Ele falava balançando a cabeleira. Um Einstein, melhor, um Eisenstein nos corredores da Escola de Comunicações e Artes.

— Olívia, o Filósofo era das Ciências Sociais...
— Mas não saía da ECA, né?"

Vamos rebobinar a memória para acelerar o que queremos contar. Então, o Filósofo fisgou a Gina e a levou para a Europa. Quer dizer, não foi tão rápido. E ele não fisgou ninguém, Gina não é peixe. Logo depois de se casarem, foram morar num apartamento na Fradique Coutinho, quase esquina com a Artur de Azevedo, em um dos bairros mais antigos de São Paulo, Pinheiros. O Filósofo concluíra seu doutorado em semiótica do cinema e finalizava seu segundo livro. O da estreia fez sucesso no nicho de pessoas que amam pensar a sétima arte. Além de ser o editor da revista de cinema *Escadaria de Odessa*, ele completava a renda dando uma palestra numa cidade aqui, noutra ali. Viajava em um fusca pelas estradas do Sul e Sudeste. Tudo isso antes da internet. Quando a maior parte do que fazíamos era na unha. Ao mesmo tempo, Gina engravidava e paria. Marcelo, o primogênito. Um ano depois, Odara, colírio dos olhos. Veja bem, Gina não havia desistido da carreira de atriz. Não havia esquecido do teatro de vanguarda. Apenas não tinha tempo.

Tempo era privilégio do Filósofo. Sem dúvida, ele trabalhava duríssimo. Mas num assunto só: a teoria cinematográfica, a linguagem da sétima arte. É claro que, vez ou outra, ele voltava para o apartamento da Fradique mais cedo e ajudava Gina a pôr os filhos para dormir. Depois, o casal abria uma garrafa de vinho tinto chileno. Sentavam à mesa da cozinha e davam boas risadas. Foi numa ocasião dessas que o Filósofo sondou a companheira:

— Você gostaria de morar um tempo em Berlin? Acha que seria bom para as crianças? Pergunto pois recebi um convite para dirigir o *Kino Sul*. Gina, se a gente aceitar, pode ser uma mudança de patamar, uma baita subida de nível na minha carreira acadêmica. E, também, uma oportunidade para nossa família viver uma experiência de abundância.

— Mas quem irá aprender alemão tão rápido? Como vou pedir pão na padaria?

— A ótima notícia, Gina, é que em Berlin todo mundo fala inglês. Por exemplo, no *Kino Sul*, o inglês é a língua "oficial". Berlin é muito internacional.

— Pois é, mas meu inglês é péssimo. Já estou me imaginando trancada em casa, dependendo de você para tudo... E você, é claro, estará enfiado em projetos, filmes, cineastas...

Sim, Gina estava angustiada. Mas o Filósofo já havia decidido por ele e pela família toda.

— Gina, meu amor, pensa nas crianças. Perceba a vantagem do Marcelo e da Odara se alfabetizarem em alemão. A língua do Goethe, do Nietzsche, do Thomas Mann. Pensa, pensa. Também iremos garantir que eles se alfabetizem em português. Vamos falar português em casa. Nossos filhos serão naturalmente bilíngues. Ah, Gina, imagina o tamanho desse patrimônio cultural. Um latifúndio.

Cinco meses depois, na primavera de 1986, a família de quatro pessoas estava instalada em um apartamento berlinense, no lado capitalista da cidade repartida. Um imóvel nada notável. Dois quartos pequenos, um banheiro estreito, uma cozinha minúscula, uma sala quase minissaia. Medidas comparadas ao padrão das casas brasileiras, é claro. Mas tratava-se de uma capital europeia com todas as benesses sociais embarcadas. As crianças se adaptaram em um piscar de olhos. Em meio ano, falavam alemão e andavam de bike com espantosa desenvoltura para suas idades. O Filósofo se sentia muito confortável no cargo de diretor do *Kino Sul* – um centro voltado para produções cinematográficas do povo do Terceiro Mundo, dos talentosos de bolsos vazios. Da turma que, toda manhã, ao acordar, se perguntava: "Por que eu não nasci na Europa, por que eu tenho que dar um duro danado para fazer, de seis em seis anos, um curta-metragem?"

O marido de Gina almoçava todos os dias com gente interessantíssima. Ele estava aprendendo na velocidade de um boeing atravessando o Atlântico. Já Gina estava aprendendo a engolir o choro. Ela não aprendia alemão, pois soçobrava nas palavras gigantescas. Se afogava numa exótica lógica gramatical. É certo, arranhava o inglês. Mas é mentira que todos os berlinenses falam a língua de Shakespeare, John Fante, Virginia Woolf. Vendedores de peixe, cigarro, linguiças, velhos, donas de casa não falavam. Ou tinham má vontade. Essa dificuldade linguística de comunicação deprimia a moça da maçã, da bolsa de couro, do canivetinho suíço.

Ela tentava conversar com o Filósofo, mas ele minimizava as dores da companheira. Ele sentia pânico que alguém, mesmo sendo a mulher amada, atrapalhasse sua carreira, sua liberdade.

Não é que o cotidiano de Gina fosse só ruim. Pelo contrário, ela curtia bater pernas pelas ruas de Berlin. E, nas horas que as crianças passavam na escola, ela era capaz de alternar os duros afazeres domésticos com a leitura e releitura dos livros de Carlos Castañeda. Ela deliciava-se com *A erva do diabo*, "Porta para o Infinito". Aprendia com o caldeirão do xamã indígena yaqui Don Juan Matus. Gina tomava poções de misticismo, filosofia, antropologia, espiritualidade. México e Califórnia na veia! Mas havia um vazio no estômago, um incômodo no peito que bulia com a sua paz.

Gina se sentia estéril. Flor no canteiro errado. Peixe de água doce no mar. A Alemanha e Berlin não tinham nenhuma culpa no cartório. O deserto estava dentro dela. É claro, havia seu amor e cuidado com as crianças, o sexo com o Filósofo. Mas ela sentia que faltava algo fundamental no seu cotidiano... uma janela para a esperança? Com todas as letras, e em maiúsculo, faltava ela mesma. Faltavam o entusiasmo, a inteligência alegre, a maçã, o canivetinho suíço. Gina estava brotando para as paredes.

Numa manhã de novembro de 1989, Gina viveu um dos maiores sufocos de sua vida. A pequena Odara acordou gritando para que a mãe fechasse a janela do quarto:

— Tira a luz, mamãe. Minha cabeça está doendo muito. Parece que vai explodir.

Gina levou a mão à testa da menina: ardia. Então pegou o telefone, ligou para o *Kino Sul*.

— Preciso falar com o Filósofo, é uma emergência.

Ninguém sabia dele. Alguém falou:

— Acho que ele foi para a Berlin comunista. Fica difícil localizá-lo.

Gina embrulhou a filha num cobertor, a pegou no colo, agarrou a mão do outro filho e "pernas para que te quero". Voou para o hospital mais próximo. Que, por sinal, ficava na esquina da rua em que moravam.

Gina entrou pelo pronto-socorro e se comunicou com a enfermeira em alemão, com uma clareza que nunca mais conseguiria repetir na vida. A pequena Odara foi atendida, examinada. Duas horas depois, diagnosticada com meningite. "Em si, um quadro grave. Sua filha ficará internada e já iniciamos o tratamento." Gina gelou. Ela lembrou do surto de meningite, nos anos 1970, em São Paulo. O governo da ditadura fez de tudo para esconder a gravidade. Mas, ela sabe, muita gente morreu. Portanto, meningite é doença e, às vezes, sentença de morte. A voz da enfermeira a sacudiu do estupor:

— Agora você precisa ir à recepção completar a documentação.

"Filósofo, cadê você, cadê você?" Gina deixou muitos recados no *Kino Sul*, dizendo onde estava. "Por favor, o Marcelo está apavorado. Eu não consigo acalmá-lo,

pois estou tomada de angústia e medo." Sylvia, a jovem colombiana, estagiária no *Kino*, foi quem atendeu ao telefonema de Gina. Então se comoveu:
— Quer que eu vá encontrar com você agora?
— Obrigada. Mas eu preciso que o Filósofo venha. Ele é o pai dela!
— É claro. Ele disse que ia para Berlin Oriental. Deve estar com dificuldade de atravessar o muro de volta. Está uma grande agitação, Gina. As ruas estão ruidosas. Parece que o muro não passará desta noite.
Gina se arrepiou: "O muro de Berlin não passará desta noite, e minha filha?"

O Filósofo não estava em Berlin Oriental. Ele estava em um hotel, a menos de três quadras do *Kino Sul*, instituto de cinema que ele dirigia. Como todo mundo aqui é adulto, vou falar: o marido de Gina estava na cama com um jovem cineasta brasileiro. Dalton é o nome dele. Mineiro de Itabira, a cidade "com 80% de ferro nas almas", que Carlos Drummond de Andrade pregou na parede de seu apartamento em Copacabana. Faz menos de um ano, Dalton mudou-se para a Alemanha. Passou a frequentar o *Kino Sul*. O Filósofo e ele desenvolveram uma amizade forte que, agora, visita os lençóis.

Ao deixarem o hotel, foram surpreendidos por uma agitação incomum nas esquinas, ruas, tapumes. Muita gente passando para o lado ocidental. Danton indagou: o que será isso? O Filósofo arriscou: acho que este muro vai cair hoje! Ele estava certo. Os mais jovens escalando o muro, os mais velhos passando por frestas abertas por pás, picaretas, marretas e uma colossal indignação. Hoje, calcula-se que mais de um milhão de alemães da Berlin comunista visitaram, nesta noite, a Berlin capitalista. Depois de vinte e oito anos separando pessoas da mesma língua, da mesma cultura, o muro começava a vir abaixo. Danton e Filósofo ficaram maravilhados; decidiram, antes de ir para suas casas, saborear um goulash de queimar a língua, comemorando o inevitável fim do comunismo autoritário e da Guerra Fria dos americanos.

Finalmente em casa, o coração feliz do Filósofo, ainda lembrando das pernas trocadas com Dalton, quase parou de bater ao atender o telefone com Gina nervosa. Ele desembestou para o hospital:

— Gina! Marcelo! Como a Odara está? Quero ver minha filha agora.

— Meu Deus, Filósofo. Onde você se escondeu, se esqueceu, o dia inteiro?

— Eu não sabia! Não podia adivinhar o que estava acontecendo. Me perdoa, Gina. Marcelo, perdoa o papai.

Nove dias depois, Odara estava em casa e retornara à escola. A garota se safara de um risco de morte. Marcelo já estudava e brincava normalmente. O Filósofo rapidamente voltara à rotina de trabalhar horas a fio e deixar a casa e as crianças com a mulher. Quem estava diferente era Gina. No horário dos filhos na escola, a mãe caminhava tanto por Berlin que o mais preciso seria dizer: Gina caminhava Berlin. Uma cidade mudando, uma cidade sem muro, uma cidade se transformando. A mulher do Filósofo também. Ela queria seu destino de volta. Na sua vida, aquele homem não cabia mais. O brilho dele sombreava Gina. Uma noite, esperou acordada o Filósofo chegar em casa. Então ela disse sem violência e sem ternura:

— Acabou para nós.

capítulo 9

joia ou bijuteria?

"Muita gente inveja quem morre dormindo. 'Ah, que bênção, foi embora sem perceber. Morreu sem estar presente.' Essas pessoas pensam: se você não se dá conta que morreu, continua vivo para sempre. A minha história com o Filósofo terminou como uma morte no sono. Depois que deixei Berlin, com as crianças debaixo das asas, meu companheiro, ao menos como emoção, sumiu da minha vida. É claro que ele protestou, não queria o oceano Atlântico entre ele e os filhos. Desejava vê-los crescer, mais forte ainda, desejava influenciá-los. Mas também não topava sair da Alemanha. Um país que, para ele, estava sendo doce, solidário, inspirador. E creio que continuou sendo, porque ele vive em Berlin, ao lado do seu companheiro, até hoje. Acho que aí tem uma diferença entre ser homem e ser mulher. Quando eu decidi deixar o Filósofo e Berlin, não passou pela minha cabeça ir embora sem as crianças. Já ele, não gostou de separar-se do Marcelo e da Odara, mas também não se sacrificou para mantê-los ao seu lado."

É o famoso amar "com condições", amor por prestações. Nos anos seguintes, ele raramente encontrou os filhos. Pedia que eles fossem a Berlin. Mas esse sistema se mostrou caro e complicado de organizar. Nas poucas vezes em que deu certo, o Filósofo não perdia a oportunidade de deixar um tapinha no rosto de Gina: "Meus filhos, vocês sabem que foi sua mãe quem abandonou seu pai, né?" Os meninos ouviam calados e constrangidos.

"Eu nunca pude retrucar, pois isso foi a verdade. Eu o deixei. Fugi dele para me salvar. É certo que a separação teve consequências na qualidade de vida das crianças. Ao voltar ao Brasil, fui morar no apartamento dos meus pais, em Santos, no coração do Gonzaga. Nos ajeitamos em um quarto e bora tocar a nova vida. Me organizei, abri um restaurante de comida natural. Quebrei. Abri o segundo. Quebrei. No terceiro, me estabilizei. Por fim, faz dez anos, mudei para Itanhaém e montei a Divino Maravilhoso, que, mal ou bem, sustenta a mim e ao Marcelo. Além de ser um pouso para quando a Odara quiser. Ela é minha filha passarinho. Ontem, a Olívia, minha hóspede por uns dias, me perguntou:
— E o teatro? Você abriu mão de todo aquele talento?
— Olívia, isso ficou lá na juventude. Gostar de teatro é da época em que eu olhava para o céu caçando discos-voadores."

"Além do espanto com essa revelação, pois sempre imaginei que Gina mataria a mãe para subir no palco, veio um bocadinho de inveja. Pois nunca me separei da escrita. Uma monogamia, às vezes, exasperante. Acontece toda sorte de coisas na minha vida, mas lá estou enfurnada na casa da escrita. Casa da escrita é metáfora, né? Significa: sob meus dedos sempre um teclado. Entre o polegar e o indicador, sempre o lápis. O que vivo às nove da manhã provavelmente vira uma frase às cinco da tarde. Mas, agora que envelheço, consigo imaginar que haverá as últimas cenas de vida. Que chegará o dia em que direi: rasgue a agenda, amasse a fatura da Netflix, feche a porta do seu apê, pegue o metrô de graça, zanze. O mundo não espera nada de você e você não espera nada do mundo. Da mesma forma, haverá o dia em que me perguntarei: Olívia, qual a próxima subversão? Qual a última disrupção? Direi: parar de escrever. Afastar-me do trabalho com as palavras. Calar-me. E, por certo, sorrirei. No entanto, sei que muitas vezes pensei exatamente assim. Muitas vezes, nos meus quarenta e dois metros quadrados na Liberdade, decretei o fim da escritora. Mas no dia seguinte me esquecia do decreto, ligava o computador e me banhava com os raios catódicos. Mesmo hoje, tendo monitores que não emitem raios catódicos, eu me banho na luz."

"Faz uma semana que Olívia chegou aqui na Divino Maravilhoso. No primeiro dia, ela insistia que era um bate e volta. Ligou o gravador e me fez perguntas abertas e protocolares acerca do envelhecimento. No começo, não me interessei. Na minha maneira de ver, a gente envelhece no olhar do outro. São os outros que nos veem velhas. Eu não desperto pensando: tenho setenta e x anos. Eu acordo pensando: o que vou fazer hoje? Qual bagaça vou resolver? Qual satisfação irei sentir? O fato é que minha conversa com Olívia rateou bastante antes de engrenar. Reconheço que talvez tenha sido por um certo preconceito ou má vontade com essa Olívia de quem eu esperava um ou mais romances, de quem eu esperava que, de alguma maneira, fizesse jus à memória da geração 1977. Olívia não entregou nada disso. Agora vem com um tema marcado. Por que ela? Talvez uma psicanalista, uma geriatra, uma socióloga tenham mais propriedade e competência para tratar do envelhecimento. Olívia? Uma jornalista? Alguém que aprendeu a nadar numa lagoa querendo se aventurar no mar? Mas, então, no nosso primeiro jantar, algo aconteceu. Por conta do vinho, da brisa da praia? De repente, uma iluminação: talvez seja bom falar, talvez Olívia seja a pessoa certa para me ouvir. O que eu gosto nela: ela olha nos olhos. Ela sustenta seu olhar nos meus o tempo que seja. Uma noite inteira, por exemplo. Então ofereci hospedagem para essa amiga de priscas eras, da época em que éramos felizes pra caramba. E sabíamos disso."

"Foi providencial ter aceito o convite. Feliz até. Nesta semana, além de ter me aproximado dos universos de Gina, pude, de alguma forma, conectar a mulher de hoje à jovem de quarenta e sete anos atrás. Quarenta e sete anos não é uma eternidade, mas também não é uma diária. Acho saboroso e coerente Gina ter batizado sua pousada com os versos da canção eternizada pela voz de Gal Costa: "Atenção/ Tudo é perigoso/ Tudo é divino, maravilhoso/ Atenção para o refrão, uau!/ É preciso estar atento e forte/ Não temos tempo de temer a morte". Quase um hino dos anos 1970. Vivi esses dias escrevendo em uma mesa de canto da cozinha, lugar que escolhi cuidadosamente, pois podia ver o mar e observar pessoas trabalhando. Pessoas capazes de fazer pão cem por cento integral, kibes de abóbora, risoles de jaca. Pessoas capazes de montar saladas como se fossem cartões-postais de Alhambra, em Granada. Cozinheiras talentosas, entre elas, minha amiga Gina. Dentro desse ambiente, consegui fazer um checklist do meu livro e concluí que, afinal, as coisas não estão tão ruins. Não estão medonhas. Reconheço passagens vigorosas de gente testemunhando seu processo de envelhecimento. E mesmo as histórias tristes, que envolvem vulnerabilidades, doenças, declínios irreparáveis, não deixam de ser histórias vivas. As velhas e os velhos, no meu livro, dizem, ora com alegria, ora com raiva: 'Estamos vivos! E tudo é possível para quem ainda não está morto'."

"Achei graça quando Olívia escolheu uma mesa de canto na cozinha da Divino Maravilhoso para escrever. Ofereci outros lugares, mais apropriados para uma escritora, mas ela insistiu, determinada, na mesa da cozinha. Apreciei vê-la concentrada tamborilando no teclado, relendo bordados verbais no monitor. Eu poderia ser escritora? De forma alguma. Acho espantoso um ofício que obriga bundinhas se aparafusarem em cadeiras por horas a fio. Eu nasci com asas. Olívia e eu somos muito diferentes, mas essa diferença não impede o afeto. Quem sabe até o fortaleça. Por exemplo, que eu lembre, desde jovem, Olívia é reservada."

Para retirar momentos importantes da sua vida é melhor usar um saca-rolha. Vira, puxa e aí está Olívia contando para Gina que, sim, teve um grande amor, que, sim, o grande amor desatarraxou. Ela ficou só. Ninguém apanha chuva ao lado dela. Ninguém come pastel de feira com ela. Ninguém roça na sua mão, enquanto, na telona do cinema, Mephisto, interpretado pelo Klaus Maria Brandauer, faz um ator que flerta e depois se casa com o nazismo.

— Mas é disso que você sente falta? — Gina perguntou. E acrescentou: — São coisas tão pequenas. Chuva, pastel de feira, namorico de cinema. Pelo amor de Deus, Olívia! Então, nossa escritora se calou, já arrependida da intimidade revelada.

— Olívia, vou ajudar você a pôr as malas no carro. Quem se ofereceu foi o gentil Marcelo, primogênito de Gina e do Filósofo. Marcelo simpatizou bastante com a amiga da mãe. Ficou curioso com o fato de alguém escrever um livro acerca de um tema que a maioria parece evitar, em uma sociedade que prega a juventude como valor imensurável. Que só vê doença e morte na velhice. Sociedade que, algumas vezes, trata os velhos com uma condescendência hipócrita. Os infantiliza mesmo sabendo que velhos nunca serão amados e aclamados como as crianças. Marcelo pensava em tudo isso ao ver Olívia entrevistando sua mãe e depois escrevendo na mesa da cozinha. Uma noite, ele a convidou para compartilharem um Malbec chinelo. Olívia quis saber se Marcelo a ajudaria a fazer contato com o Filósofo.

— Deve ser interessante ouvir a experiência de um brasileiro envelhecendo na Europa.

Marcelo decidiu ajudar Olívia:

— Anote o e-mail do meu pai. Mas atenção: eu não falo com ele tem uns dois anos. Tivemos um estremecimento que não quero detalhar agora. Para falar com ele, você terá que passar por um leão de chácara. Um leão preto, amante do meu pai. Ele se chama Danton.

Odara, caçula de Gina e do Filósofo, formada em propaganda e marketing, anda curtindo a profissão de esposa do Kiko – o influencer do canal *Forever Young*. Ela pede uma carona para Olívia. Seu carro quebrou e ela está com saudade do marido. Antes de pegar a rodovia Manoel da Nóbrega, rumo ao Planalto, elas dão um rolê pelas ruas dessa cidade que é uma das mais antigas do país. Itanhaém, "Bacia de Pedra" em tupi antigo. Odara conta que Conceição de Itanhaém foi retratada por pintores famosos como Alfredo Volpi, Anita Malfatti, o belga Adrien Henri Vital van Emelen. E, é claro, a cidade frequentou as paletas de Benedito Calixto e Emídio de Souza. Os dois, filhos da terra. Ela fala de um bairro chamado Belas Artes, nome que encanta Olívia: "Preciso voltar outras vezes". Depois que pegam a rodovia dos Imigrantes, com as dezenas de túneis ajudando a subir a serra do Mar, vão se esquecendo da magia do litoral. Focam no que a cidade de São Paulo entregará para elas. Olívia está com os dedos coçando. "Conversar com o Filósofo, o autoexilado, enriquecerá meu livro. Quanto mais diversidade, maior a conta na bolsa da qualidade. Eita metáfora rastaquera!" Mas o que importa é ouvir o ex-marido de Gina e, de lambuja, saber mais do seu companheiro, Danton. Já Odara não está focando em nada específico. Ela deseja apenas chegar ao seu apartamento do Itaim. Tomar um banho quente, pensar em um prato para cozinhar. Saborear, com o Kiko, esta noite de verão.

capítulo 10

engarrafados

"Meu amor pela escrita não envelhece. Envelhecem minha pele, meus ossos, meu sexo. Só o jeito de escrever rejuvenesce. Esse jeito de fazer dá uma sensação de liberdade. A soltura máxima. Como alguém fugindo de um calor em chamas rodopiando debaixo da chuva. Eu aqui, engarrafada em uma avenida da cidade cada vez mais lotada de carros. São Paulo é um gigantesco pátio automotivo. Brilham latarias, estufam pneus, roncam motores, guincham freios. Gosto desse caos, gosto do cheiro meio CO_2, meio gasolina, meio óleo diesel. Sou urbana até o avesso. Escrever nunca foi sublimação, nunca foi substituição. É a coisa central. Mesmo com a minha mãe na UTI, eu precisava, todos os dias, roubar algumas horas para abrir o caderno, para virar páginas, para grafitar os ecos da inelutável dor que eu sentia. Escrever é o meu Rivotril, meu Frontal, meu Diazepam, minha Maracugina, meu Farol. Vou avisar para a Elena que atrasarei. Veja só como está o contorno da Praça da Sé, parado como sempre. No meio da Sé está o marco zero da megalópole. Um padrão de pedra com os pontos cardeais na parte de cima: norte, sul, leste, oeste da cidade. A numeração de seus mais de sessenta e quatro mil logradouros começa nesse padrão de pedra. A escrita como um padrão de água para mim. Tromba."

— Elena, vou atrasar. Nada anda. Mas estou entusiasmada com nosso almoço. Você havia perguntado se eu

ainda como carne. Gostei do ainda. Se preocupe não. Eu como o que tiver. Beijo.
Que frase, dona Olívia. Não é verdade que você come o que tiver. Você sempre foi chatinha com os alimentos. Não come arroz do dia anterior, não come em prato retangular, não come se alguém serve você. Não come peixe, nem galinha, nem pato, nem rã. Só gosta de carne de boi. Você quer agradar a sua editora, quer evitar problemas e desgastes. Você se sente devedora. É evidente que Elena perguntará: "Finalizou o livro? Vai enviar no meu e-mail até o final da semana?" Ah, pobre Olívia.

Elena pensa com dissabor: todos vão atrasar. Olívia já avisou que está enroscada na Praça da Sé. Daqui a pouco os outros mandarão mensagens justificando atrasos. Culparão o trânsito. Mas como um paulistano pode responsabilizar o trânsito? Deus, todos respiramos congestionamentos em todos os lados, em qualquer horário. É incrível este jeito brasileiro de ser atrasados no relógio. E, mais espantoso ainda, orgulhosos da falta de pontualidade. Já vi muita gente comentar dando altas risadas: "Marcado para as nove, vai começar às nove e meia, né?" Aí, alguém raciocina: "Então marca direto para as nove e meia". A pessoa da risada retruca: "Se a gente marcar às nove e meia, o pessoal vai chegar às dez".

No quesito pontualidade, somos o contrário dos alemães. Elena se recorda de uma passagem por uma cidade no Báltico alemão. Uma tabuleta afixada na porta da padaria informava: "Abertura: 7h13". Elena achou graça e duvidou desse horário tão cravado. Por dois dias seguidos, com os braços cruzados, ela se postou em frente à padaria. Por dois dias seguidos, a porta foi aberta exatamente às 7h13. Pronto, olha o Kiko mandando a mensagem: "Elena, o trânsito tá foda, vou atrasar". Tia Elisa era radical com a pontualidade. Ela dizia que o caráter de uma pessoa começava com a observância dos horários. Um tanto exagerado. Deve ter muito mau-caráter pontual e vice-versa. Deve ter também psicopatas pontuais na hora de matar. Mas que há um abuso em deixar os outros esperando, isso há. "Ops, mais uma mensagem. Odara dizendo que se atrasará. Sabe o quê? Vou regar minhas plantas."

"Eu sou mesmo grandão. Tenho mais de 200 mil seguidores no Instagram. É claro que eu me orgulho desse número. Principalmente por meu trabalho ser honesto. Eu não iludo ninguém. Meu canal *Forever Young* prega o envelhecimento como fase natural da vida. Fase que não precisa necessariamente ser horrorosa, decadente, doente. Outro dia, li uma frase que me encantou: 'Envelhecer é o que acontece com a gente quando tudo dá certo'. Por ser um sujeito ético, estou procurando pelo nome do autor. Vixe, acho que preciso dizer para Elena que irei atrasar. Fico constrangido. Um tanto intimidado. Ouço ela pensar: 'O Kiko sempre atrasa. Ele acha que faz as coisas bem, mas não faz tão bem assim'. Minha prima Elena provoca uma pororoca de emoções em mim. Por que diabos o Waze me jogou na Rebouças? De todas as inúmeras difíceis avenidas, a Rebouças ganha de lavada. Outro dia, me surpreendi ao saber a quem pertence o nome da avenida. Trata-se de André Rebouças, engenheiro brilhante e abolicionista proeminente. Homenagear um homem negro dando o seu sobrenome a uma grande avenida não é usual no Brasil. Mas por que estou pensando nisso? Vai ver porque ontem fiquei pendurado e travado no elevado Costa e Silva. Eita, homenagem a um ditador. Agora, o elevado mudou de nome, chama-se Presidente João Goulart. Vitória da esquerda. O povo sempre dá o seu jeitinho e chama essa excrescência de concreto de Minhocão. O elevado foi inaugurado na gestão de Paulo Maluf, em 1971. Aliás, mais tarde o prefeito homenagearia a própria mãe ao batizar um minianel viário de Maria Maluf."

Berenice, assistente e braço direito de Elena, pede que ela a ajude a pôr a mesa do almoço. Berê, como Elena a chama, é uma faz-tudo. Formada em design editorial, ela começou como estagiária na Parto. Hoje é a segunda na editora.

— Ah, Berê, todo mundo vai atrasar.

— Bom, mas uma hora irão chegar. Depois, por que todo mundo vai atrasar? Que eu saiba, quem sempre atrasa é o seu primo.

— Sabe que você tem razão? A vida inteira o Kiko chegou atrasado. Até no enterro do pai dele, o tio Jorge. Não digo que ele não estivesse sentindo. Ele estava arrasado, mas, mesmo assim, chegou atrasado.

— Elena, você nunca me contou como era a relação da sua tia Elisa com esse sobrinho.

— Era distante. Minha tia tratava o Kiko com uma certa reserva. Tinha polidez e desconforto. De repente, o sobrinho acabou pagando pelas diferenças que ela tinha com o irmão. Jorge era um músico, dizem que talentoso. Nunca deu certo financeiramente. Aí começou a beber e a vaca, junto com o piano, foi para o brejo. Tia Elisa tinha horror dos perdedores de dinheiro.

— Que maneira de falar, Elena. Ouça, seu celular está tocando lá na sala de reunião.

"Elena, é a Odara. Tudo bom? Então, vou atrasar. Estou a 2 km do Paraíso, o Waze está sinalizando que a Paulista não anda e a São Carlos do Pinhal também não."

"Estou indo almoçar na Parto para agradar ao Kiko. Mamãe acha que eu sou submissa ao meu marido. Morro de vontade de retrucar: diferente de você, né? Abandonou o Filósofo em Berlin, picou a mula para Santos comigo e o Marcelo debaixo das asas. É claro que você estava no seu direito de deixar um homem que não amava mais. O probleminha é que eu fiquei sem pai." Com a paciência curta, Odara buzina tornando o trânsito mais neurastênico ainda. "Eu não me perco de amores pela Elena. Sei lá, acho que ela tem um narizinho em pé. Bom, nasceu no Recife, cidade da família paterna. Dizem que os pernambucanos são os franceses do Nordeste. Então não preciso acrescentar mais nada. Ela perdeu os pais em um acidente aéreo. O piloto marcou o número da rota errado. Era 217, ele pôs 117.

Danou-se. A avioneta ficou sem gasolina. Caiu em um canto remoto da floresta Amazônica. Foram mais de dez dias para localizar a lataria e os corpos. Elisa, irmã da mãe de Elena, pegou a sobrinha de seis anos para criar. Creio que educou à sua imagem e semelhança. Quem me contou tudo isso foi o Kiko. Ele é bem mais velho do que a prima. Aliás, Elena e eu temos a mesma idade. Quarentinha. Kiko, daqui a dois anos, será um sessentinha. E a mais velha é Olívia! Gostei de saber que ela é uma das convidadas desse almoço. Amiga de juventude da minha mãe. Também, escritores provocam a minha curiosidade. Meu pai é escritor. Não de histórias inventadas. Ele escreve ensaios sobre o cinema. Pena que faça alguns anos que a gente não se fala, não se vê. Meu irmão, Marcelo, põe a culpa em Danton. Ele diz: "Aquele leão de chácara negro e gay".

Finalmente, todos à mesa na varanda da Parto. Berenice sorri porque vê Elena feliz. A chefe gosta de receber pessoas, de se alimentar ao lado delas. Veja: está sentada à cabeceira. Uma rainha da publicação impressa. Aliás, Kiko já está polemizando:

— Querida prima, quando a Parto despertará para os livros digitais? Demorando assim, a Parto pode deixar a criança nascer morta...

— Querido primo, quando alguém me provar que há um modelo de negócio viável aí, eu passo a editar e-books.

Odara, para ajudar o argumento de Kiko, comenta:

— Hoje tem mais celular do que brasileiro.

Olívia entra na conversa:

— Nós estamos em plena Renascença. A terceira. Pois a primeira foi na Grécia pós-alfabeto, a segunda na Europa, ao mesmo tempo da revolução da prensa de Gutenberg e do novo modelo de livro do Aldo Manuzio. A Renascença de agora vem com o digital. Estamos em uma época marcada pela abundância de informações, de soja, de interações. Tem lugar para todo mundo, para formatos variados. Outro dia, navegando no Google, descobri que a autoficção *Escriba Errante*, da Fernanda Pompeu, autora que admiro, está nos formatos impresso, eletrônico, audiolivro. Aliás, esperta ela, não?
Elena, cortante, toma a palavra:
— Olívia, e o nosso livro. Finalizou?
Olívia explica que o trabalho, todavia, não está terminado.
— Está quase.
Elena cutuca:
— Um livro nunca fica pronto. Uma hora você precisa terminar sem aplicar padrões de perfeccionismo.

Olívia suspira. Não é nada disso. Ela está velha o suficiente para saber que ninguém faz o impossível, o que ela está tentando fazer é o melhor possível. Todo livro tem o tamanho do seu autor. Tem o brilho correspondente ao autor. Não dá para forçar a barra.
— Há uma entrevista que eu acho fundamental. Preciso fazê-la antes de fechar o livro.
— Qual seria? — pergunta Elena.
Olívia titubeia.
— Prefiro não dizer o nome por enquanto.

— Ah, por Deus. Eu sou a sua editora. Eu preciso saber dos seus passos. Não sei se isso é uma coisa de geração. Você é autossuficiente demais. Qual a razão de não dizer quem falta entrevistar? — Elena se põe muito nervosa.
Olívia cede:
— O Filósofo!
Agora é Odara quem se espanta, quase cai da cadeira.
— Meu pai?

Terminado o almoço, todos deram a partida em seus carros. Rumaram para seus destinos. Olívia, para seu apê na Liberdade. "Esse almoço foi pura perda de tempo. Eu poderia ter avançado um parágrafo que fosse." Kiko e Odara pegaram o caminho para o Itaim Bibi. Cada qual no seu carro, cada qual praguejando contra o trânsito infernal, contra o excesso de veículos nas ruas da cidade. Para Kiko, o almoço foi estimulante, boas ondas de dopamina, pois foi mais uma oportunidade de provocar a prima. Já na opinião de Odara, a coisa inteira não cheirou nem fedeu. "Nem chicha, nem limonada", a filha do Filósofo riu ao recordar o provérbio peruano. Sentiu saudades de Barranco, bairro de Lima, em que morou e onde conheceu o Kiko, que então estava de férias por lá.

Elena havia se aborrecido com Olívia. Desabafou com Berenice:
— Acho que cometi um erro. Escolhi a escritora errada. Olívia não vai entregar esse livro em tempo hábil. Ela vai atrasar toda a grade de publicações. Será tão difícil

assim entrevistar meia dúzia de velhos e editar suas falas? O que essa gente tem a dizer, além de "espero ter saúde até o fim", "o que importa não são anos de vida, importa a qualidade de vida", "se pudesse voltar atrás, teria amado mais, brincado mais"?

Berenice levou os dedos aos lábios de Elena:

— Psiu, calma.

E se esfregaram na cama.

capítulo 11
agreste

Depois do almoço na Parto, a cobrança de Elena encrudesceu pelas semanas seguintes, transformando-se em um ultimato: "Olívia, ou você envia alguma coisa do nosso livro, ou serei obrigada a interromper a parceria". Nossa escritora tremeu. Se o laço se rompesse agora, todo o trabalho realizado mergulharia na cesta de lixo. Cesta de palhinha, debaixo da mesa, que Olívia preserva há mais de vinte anos. Recorda: comprou no Centro Cultural "Dragão do Mar" em Fortaleza. Pelo trabalho feito até esta manhã, Olívia não havia recebido nenhum dinheiro. No olhar da editora, ela não era uma escritora selecionada para adiantamentos. Isso era privilégio de autores com boa previsibilidade de venda. Quem era Olívia?, Elena perguntava, e respondia: sem dúvida, jornalista. Mas jornalistas e camareiras de hotéis de luxo eram iguais. Eram prestadores de serviço. Tinham o mesmo valor, pensava Elena. Além disso, a editora media o risco: emplacar no mercado do livro falando de envelhecimento era um palpite. Podia ser, podia não ser.

Olívia não estava parada, passou meses cercando o Filósofo. Mas sempre batia num paredão. Feito de concreto como os que se usam em represas para segurar o furor das águas. Ela acionava o e-mail filosofo@berliners.com.de, mas quem respondia com negativas era o Danton. Era imperioso entrevistá-lo. Velha jornalista, Olívia, ave de rapina, cheirava um tanto de mistério na personalidade do Filósofo. Ela encasquetou. Trata-se de um senso comum, clichê até, mas funciona: Olívia precisava do Filósofo para fechar o quebra-cabeça do seu livro. Ela acredita que livros são quebra-cabeças. O leitor organiza as peças, mas quem as fabrica é o autor. No quebra-cabeça do envelhecimento, Olívia precisava ouvir o homem que havia perdido a interessante Gina. O homem que vive com outro homem há mais de três décadas. O renomado ensaísta do cinema brasileiro, que mora uma carrada de tempo em Berlin sem nunca ter voltado ao Brasil. Quem passou essa última informação para Olívia foi Odara, quando se cruzaram, semana passada, na Divino Maravilhoso, em Itanhaém. Aliás, interessante dizer: depois do primeiro reencontro entre Gina e Olívia, um tanto da velha amizade entre as duas amigas se reascendeu. Brasa dormida?

— Meu pai virou as costas para mim, para o Marcelo e para a mãe dele. Virou as costas para o Brasil. Ele vive escrevendo sobre o cinema verde-amarelo, mas não pega um avião para sentir o que pulsa por aqui. O vento do mar, o cheiro do ralo, as cotovias, os ratos.

— Sua avó ainda vive! Incrível. Seu pai está com quantos anos, Odara?

— O Fausto tem setenta e quatro. Minha avó Hilda, quase cem. Ela mora em Taubaté, foi figureira por toda a vida. Suas mãos fizeram coisas lindas: presépios de Natal, bois-bumbá, pavões misteriosos, galinhas-d'angola e um milhão de Nossas Senhoras da Aparecida.

— Fausto?!? O Filósofo chama-se Fausto?
— Olívia, você pensava que Filósofo era nome próprio?
— Mas ele assina os livros assim.
— Livros, palestras, cursos, cartas, e-mails. Tudo o que meu pai faz na vida, assina: Filósofo. Afinal, você conseguiu fazer contato com ele?
— De tanto insistir, o Danton aceitou uma reunião pelo Zoom, na próxima sexta.
— Bravo, Olívia. O Danton é o leão de chácara do meu velho pai. Pelo visto, você conseguiu um crachá para penetrar na caverna do Batman e do Robin.

Durante a pandemia da covid-19, Olívia adquiriu várias habilidades. Ela, e parte do Planeta urbano, foi obrigada a trabalhar de casa, assenhoreando-se de aplicativos de comunicação por áudio e vídeo, dos mais simples aos sofisticados. Um deles se tornou quase um amante na frequência dos encontros. O aplicativo Zoom. Finda a pandemia, muita gente começou a especular: qual o legado desse Cisne Negro que se abateu sobre o mundo? De cara, a gente pode achar estranho que um evento absolutamente negativo possa deixar legados. Mas basta lembrarmos da Segunda Guerra Mundial, terrível na sua destruição, que deixou muitos legados positivos para a física, medicina, indústrias, literatura. Era assim que Olívia gostava de pensar quando, uma vez ao ano, renovava a assinatura do aplicativo. Sim, ela refletia: "A reclusão, a antissociabilidade puseram a humanidade no digital". E foi pelo Zoom, aleluia, aleluia, que ela finalmente compreendeu por que o Danton se fazia de catraca para acessar o Filósofo. Compreendeu que os irmãos Marcelo e Odara eram injustos ao alcunharem Danton como leão de chácara do pai. Como é fácil a gente comprar a versão parcial de uma história. Aceitar um ponto de vista como a verdade. Até que, ao olhar mais de perto, ploft, o edifício da certeza desaba.

Danton protegia o companheiro das maledicências do mundo acadêmico e das maldades do mundo em geral. Afinal, o que pensariam e diriam de um professor, crítico, estudioso de cinema, hoje incapaz de espremer um tubo de pasta de dente? O sujeito que, debaixo do chuveiro, segurando o sabonete, perguntava: "Para que serve mesmo isso?" Danton comparava: "Olívia, quem suportaria a visão de um ídolo de futebol com as pernas decepadas? Do mesmo modo, quem respeitará uma cabeça brilhante incapaz de completar uma frase? Eu quero proteger o homem que amo das garras de invejosos carcarás. Principalmente, protegê-lo da mediocridade intelectual que gruda como craca no primeiro sinal de vulnerabilidade de um par famoso. Também sei que os filhos do Filósofo acreditam que eu saboto o contato deles. Mas isso não é verdade. Por que eles não tiram a bundinha da cadeira, passam o cartão, vêm abraçar o pai? Aliás, nunca me imiscuí na dinâmica do Filósofo com os filhos e jamais na relação dele com Gina. Tenho consciência que cheguei depois. Assim como tenho a convicção que não fui eu quem acabou com o casamento Gina-Filósofo. Quando nossa história começou, o casamento dos dois era comida estragada no freezer.

— Mas eles sabem da real situação do pai? Eles sabem da demência?
— Não, Olívia. Porque para saber é preciso, primeiro, querer saber. Depois, tem uma agravante.
— Qual?
— Odara e Marcelo nunca me engoliram. No começo, achava que eles sentiam incômodo pelo fato do pai ter um companheiro, isto é, ser um homem gay. Depois, pensei que eles acreditavam que eu havia sido o pivô da separação dos pais. Mas hoje penso que desgostar de mim não tem a ver com nenhuma dessas razões. Não tem a ver com homossexualidade nem adultério.
— Tem a ver com o quê, então?
— Eu sou negro. Retinto.
— Por favor, Danton! Eu conheci recentemente a Odara e o Marcelo. Nunca observei um viés racista da parte deles. Ao contrário, me parecem pessoas do bem.
— Você é branca, minha cara. Os brancos sempre resistem à evidência do racismo vinda dos amigos.

O fato é que Olívia nunca falou com o Filósofo, porque, na altura do Zoom com o Danton, ele não conseguia mais articular as palavras. Apenas balbuciava como fazem os bebês, mas com um som triste. Lembrando os versos de Casimiro de Abreu: "Minh'alma é triste como o grito agudo das arapongas no sertão deserto". Danton aceitou conversar uma segunda vez com Olívia. Conversar, neste caso, é força de expressão. Logo ficou evidente para Olívia que Dalton precisava de uma orelha na qual ele pudesse se pendurar e desabafar o medo da proximidade da morte do companheiro, o temor de tornar-se um viúvo brasileiro, gay, negro em Berlin. Não confessava, não dizia em voz alta, mas talvez encontrasse o ostracismo. Pois cineastas, alunos, intelectuais do cinema procuravam não por ele, mas pelo Filósofo.

— No começo do Alzheimer, pensei que Fausto seguraria a coisa toda. Sei lá. Achava que, por ser com ele, a doença avançaria mais lentamente. Cheguei a sonhar que os médicos teriam se equivocado com a sentença das fases: inicial, moderada, grave, severa. Pensava: de repente, Fausto será um *case* médico, nunca sairá da fase inicial da doença. Mas estava enganado. O Alzheimer é implacável na sua marcha. Na rapinagem da memória. Fausto foi esquecendo, esquecendo. Hoje ele não sabe mais quem é. Seus olhos fixam-se no vazio. Sabe? É um cego caminhando, sem bengala, cachorro, apoio, no agreste.

De forma silenciosa, Olívia achou arrogante Danton pensar que, pelo fato do Filósofo, quer dizer, o Fausto, ser um intelectual, ele tangenciaria as armadilhas da demência. Isso era descaradamente pessoal: a mãe de Olívia sofreu de Alzheimer. Por muito tempo, nossa escritora detestava pessoas que faziam piadinhas. Tipo: "Tô esquecendo, deve ser o alemão, kkkk". Ou as que insinuavam que a demência tinha relação com cérebros mais preguiçosos. Ou aquelas que prescreviam: couve, chá de menta, palavras cruzadas. A filha odiava qualquer possibilidade que diminuísse sua mãe. Depois que a mãe se foi, ela se apaziguou. Ficou indiferente à ignorância geral e alheia.

Danton fez Olívia prometer que não mencionaria, em nenhum momento, a demência, o declínio, a desconstrução, o mergulho no abismo. Que ela deixasse o Fausto em paz. Procurasse outros. Afinal, há tanta gente sedenta para aparecer. Olívia, em nome da mãe, em honra da palavra, cumpriu. Ela riscou o Filósofo do livro. Jogou uma isca:

— E você, Danton, posso entrevistá-lo? Gostaria de ouvi-lo falar acerca do seu próprio envelhecimento. Não precisa nem citar o Fausto.

Danton ficou de pensar. Mas nunca deu um retorno. Para compensar, nossa escritora aumentou a participação da Nadine Gornick, nesta altura do ano uma nonagenária. Incrivelmente velha, espantosamente lúcida.

Movida por uma aguda curiosidade, Olívia desceu para Itanhaém decidida a arrancar, mesmo que suavemente, qual a visão que Gina tinha hoje do ex-marido. Olívia não abriu a conversa com o Danton. Promessa é promessa. Ela deu um jeito de, como quem não quer nada, perguntar:

— Gina, o Filósofo se casou novamente? Ele tem uma companheira?
— Tem um companheiro. Um brasileiro. Creio que mineiro. Parece que eles se conheceram um tempo depois da minha saída de Berlin.
— Ora, o Filósofo é gay?
— Quando estava comigo, não. Mas, sabe, Olívia, eu nunca penso, ou penso muito pouco, no meu passado. No fundo não me interessa. Aquela Gina do Filósofo morreu faz tempo. No enterro dela não teve choro nem vela.
As duas gargalharam. Foram caminhar com os pés nas águas, na praia Doutor Tesoura. Fazia uma esplendorosa manhã.

capítulo 12

sol

"Às vezes tenho vontade de pegar uma estrada e sair andando até sumir na curva." A imagem da mãe sumindo na curva aterrorizava a Olívia criança. E havia momentos em que a mãe emendava com a letra de uma canção do Candeia, eternizada por Cartola: "Deixe-me ir, preciso andar. Vou por aí a procurar rir pra não chorar. Quero assistir ao sol nascer. Ver as águas dos rios correr. Ouvir os pássaros cantar. Eu quero nascer. Quero viver. Deixe-me ir. Preciso andar." Tudo isso era muito sinistro. Por anos a fio, Olívia interpretou a ameaça materna como resposta a algo que ela representasse ou tivesse feito. Foram necessários muitos anos para a filha compreender que sentir-se aprisionada em um relicário doméstico era a ferida da sua mãe.

Olívia pensou toda essa história na manhã anterior à conversa marcada com Elena. As duas mulheres, a escritora e a editora, combinaram o encontro em um ponto neutro. Nem na Parto de Elena, nem no apê de Olívia, na Liberdade. A escritora escolheu estar debaixo do vão livre do Museu de Arte de São Paulo. Aquele impressionante vão, uma joia da arquitetura, cartão-postal de Sampa, desenhado por uma mulher que desejou e bancou sua própria liberdade. A arquiteta Lina Bo Bardi, nascida em Roma, formada em Milão, apaixonada por

Salvador, radicada na cidade de São Paulo. A arquiteta que dizia não ter escritório: "Meu escritório é o canteiro de obras". Foi Olívia quem insistiu em entregar o livro finalizado da maneira tradicional, palavras pretas impressas no papel branco. Uma massaroca de sulfite grampeada. Elena até que tentou dissuadi-la:

— Olívia, manda para o meu Google Drive. Você está com medo de quê? Vamos economizar tempo. Quando nos encontrarmos, e, olha, será um prazer, eu terei lido, anotado, refletido e nossa reunião será mais assertiva. Olívia, precisamos ser assertivos se quisermos que as coisas andem bem.

— Eu sei de tudo isso. Mas é uma superstição. Vou entregar uma cópia impressa já revisada e depois a gente vê.

— Superstição? Melhor dito: crendice, né? No entanto, vá lá. Você já estourou todos os prazos do nosso livro. Creio que eu não deveria me surpreender com mais esse capricho seu.

Nossa autora estava alegre, pois o livro terminara. Verdade que ela não conseguia mensurar a qualidade. Ficara bom ou uma bosta? Ou quem sabe o meio-termo entre o bom e a bosta? É complicado para uma escriba concluir acerca da qualidade do escrito. Pois quem avalia isso é o leitor. Quem escreve não tem condições objetivas de julgar. Porque foram muitos os esforços, centenas de decisões. Milhares de teclas *enter* e *delete*. Várias encruzilhadas: vou por aqui ou sigo por ali? Determinada passagem que me comoveu tanto sensibilizará o leitor? Impossível saber de antemão. Impossível antecipar reações. É certo que Olívia deu alguns tapinhas nas costas: "Siga em frente, só pare no final". Mas escrever é sempre uma travessia incerta. Se você não topar viver a incerteza, nunca publicará um livro. Esse fato não é novidade para Olívia. Ela havia vivido, muitas vezes, a apreensão ao entregar um trabalho. De um pequeno texto a uma longa reportagem, sempre vinha o frio na barriga, o arrepio na espinha, o ranger dos dentes. Escrever é uma enfermaria.

"Atenção, paulistanes! Pessoas trans são pessoas. Nascemos dentro de um corpo que não nos representa. Portanto, temos o direito de trocar de sexo. Atenção, Brasil! Pessoas trans são pessoas." Rufam tambores, agitam-se bandeiras de arco-íris sob a marquise do Masp. Faz algumas décadas, o local se consagrou como um espaço de concentração para protestos. Por aqui passam professores por melhores salários, mulheres pelo direito ao aborto, estudantes pelo passe livre nos ônibus e metrôs. Malucos clamando pela ditadura, anjinhos sonhando suas utopias. E na avenida em frente, a icônica Paulista, passa anualmente a Parada LGBTQIA+, maior evento da cidade. Nesta manhã, estão os trans. Olívia tem dificuldade em visualizar Elena. Mas então ela ouve: "Olívia, Olívia, aqui..." Se abraçam e, de comum e rápido acordo, deixam o belvedere do museu, atravessam o Parque Trianon com seu pedacinho de Mata Atlântica com exemplares de sapopemba, cedro, palmito-juçara, pau-brasil. Elas desembocam em um café.

Trata-se de um café retrô. Mimetizando os anos 20 do século passado, com representações da art déco. Elas se sentam em frente a um painel de parede com padronagens geométricas, entre folhas de coloridos berrantes. Tendo no centro da pintura uma jovem coquete. Ela está segurando um cigarro em uma piteira comprida. Elena se lembra que faz dez anos que parou de fumar. Sente orgulho disso. Olívia retira da pasta de couro sintético sua massaroca grampeada. A editora bate o olho no título.

— Que título divertido. Hahahaha. Aí que está a graça, né? Mas, venha cá, Olívia, será que a maioria entenderá a sutileza desse título? Hoje, os leitores estão "pão, pão; queijo, queijo". Quer saber? Não sei se eu gosto desse título. E se pensássemos algo mais objetivo. Por exemplo: "Novos Velhos do Brasil"? Bom, não precisamos decidir neste momento. Ainda teremos trabalho pela frente. Olha, eu mesma faço questão de editar o seu livro.

Aí agudizaram sirenes ao mesmo tempo. Uma sirene em uma ambulância nervosa cruzando a Paulista; a outra, em um sistema de alarme no cérebro de Olívia.

— Como assim, editar meu livro? Ele já está editado. Para mim, escrever e editar é um movimento só. Elena, não lembro de termos combinado nada disso. Aliás, recordo que você disse que eu tinha carta branca para trabalhar.

— É claro que você teve carta branca. Mas agora é uma intervenção depois do escrito. Por isso existem os editores! Para tornar o texto melhor. Para podar a verborragia... Também para esfriar o ego incandescente de autoras e autores.

— Alto lá, Elena. Minha escrita não tem verborragia. Eu escrevo com uma imensa tesoura mental.

— Pode ser que não seja verborrágico, mas algum defeito seu livro terá. Ou você se considera uma Clarice Lispector, uma Orides Fontela, uma Carolina Maria de Jesus?

— Elena, eu me considero Olívia.

Se houvesse um medidor de estresse, ele teria disparado naquela cafeteria.

Elena respirou fundo e fez a proposta:

— Eu vou ler e aí conversamos acerca das mudanças. Posso apostar que não serão muitas. Serão as necessárias.

Foi uma proposta educada e razoável. Mas aí aconteceu: Olívia tirou o original das mãos da editora. Pôs dentro da pasta e disse:

— Este livro é todo meu. Banquei as decisões e provisões sozinha. Você reparou que não me adiantou nenhum tostão nesse quase um ano de trabalho? Você só cobrou prazo e resultados e nunca se inteirou de fato do que rolava no meu teclado, no meu bolso, no meu coração, na minha cabeça.

— Pelo amor de Deus, Olívia! — Elena exclamou, passada.

Poderia ficar muito tempo reproduzindo o ping-pong entre Olívia e Elena. Cada uma com as suas razões e com seus ressentimentos. O resumo do diálogo na cafeteria é o seguinte: Olívia decidiu não dividir o livro; escolheu ser, pela primeira vez, a dona do produto. Quer dizer, ainda não era um produto. Um livro digitado, todavia, não é um livro. É um feto. Ao arrancar as páginas das mãos de Elena, Olívia cravava uma faca envenenada no próprio empreendimento. Pois, sem a editora, quem bancaria a capa, a revisão, a diagramação, a impressão, a distribuição, o marketing da coisa toda? Elena voltou para a Parto de mãos abanando.

— Berenice, pensa uma mulher estúpida... Essa mulher é a Olívia.

A pobre Olívia não tinha nenhuma Berenice para despejar o que sentia acerca de Elena. Olívia, na verdade, não tinha ninguém. Era tão só como os mortos talvez sejam. Mas aí lembrou de Gina. "A próxima vez que eu descer para a Divino Maravilhoso, vou contar esse desencontro para ela. Ao menos renderá boas gargalhadas, porque Gina sempre arranja um jeito de rir da vida."

Ao deixar o café, Olívia sente: "Como aquela canção que enfeitiçava mamãe, acho que preciso andar". Então, ela volta ao Masp e desce a ladeira em direção à Nove de Julho. De repente, a epifania. Olívia encontra o pai. Seu pai morto há mais de dez anos. O pai morto que nunca morreu para ela. O pai que sempre está, mas que ela não pode tocar. As mãos do pai, quentes. O pai que diz estar orgulhoso por a filha não ter se dobrado à imposição de uma editora, de uma chefe, de uma patroa. Veja só, pai! Você está morto, mas mesmo assim me compreende, me apoia nessa pequena subversão. Mas o que eu faço agora, pai? Meu livro está pronto! Aí quem entra em cena é a mãe de Olívia. A mãe morta, se é que é possível escrever tais palavras: *a mãe morta*. A mãe que Olívia segue amando doidamente. A mãe morta, que é sempre viva, dá o conselho final:

— Vá em frente, filha. Procure uma maneira de publicar o seu livro. Para tudo tem jeito, menos para a morte.

— Ah, mãe, você morreu? Morreu de verdade?

A epifania termina com o buzinaço de um ônibus na orelha de Olívia. Assustada, nossa escritora recolhe o corpo para a calçada. Melhor ir para a casa.

Antes de subir para o seu apê no bairro da Liberdade, Olívia compra de uma vendedora ambulante – uma velha japonesa – um vaso com bonsai. Uma árvore em miniatura. Puxa, talvez essa seja a metáfora de qualquer livro: um universo em miniatura. Olívia não programou essa compra. Na verdade, ela não tem nenhuma planta em casa. Ela simplesmente fez. Agora entra na sala do apê, segurando com a mão direita o calhamaço de sulfite. Com a esquerda, o bonsai. Qual a relação entre o livro e a planta japonesa? "Provavelmente nenhuma", ela pensa e ri. "Ou talvez haja todas as conexões do mundo. Mas não preciso explicá-las." Nossa escritora está feliz. Ainda não tem ideia de como proceder para que seu livro venha à luz. No entanto, sente-se dona do próprio nariz. O ar que entra pela janela é do mundo, mas a respiração é dela.

Por uma pequena fresta no céu, Olívia vê a lua cheia. Redonda e linda. Depois de ter arrancado o livro das mãos de Elena, tudo o que Olívia deseja é champanhe francesa com azeitonas portuguesas. Ela abre seu caderninho *moleskine* e, com letra pequena e legível, anota: "É um paradoxo a velhice. É o tempo das inexoráveis perdas: pai, mãe, amigos, amores. Mas é também o tempo das perdas voluntárias. Daquelas que queremos desgrudar, ora porque se tornaram sem uso, ora pela taxa de dor. Vontade de perder tudo que não queremos mais carregar na mochila, na cabeça, no corpo. Escrevendo de forma forte e sincera: a velhice é o tempo no qual, afinal, podemos selecionar o que misturaremos ao nosso pó ou às nossas cinzas".

capítulo 13

16 mil horas depois

Gina franqueou a varanda da Divino Maravilhoso para Olívia lançar seu romance. Nossa escritora conseguiu publicar *Quando eu era velha* de forma independente. Agora está toda contente, respirando seus mais de setenta anos de idade. O que os poros de sua pele exalam não é um sebo de livros e nem um museu de experiências. Seus poros exalam maresia. A Divino Maravilhoso dá frente para a praia Doutor Tesoura. Este fim de tarde de sábado está particularmente bonito. O céu azul-claro, o mar azul-escuro. E as ondas, ao mesmo tempo fugazes e eternas, compõem a trilha sonora quase dodecafônica. Excelente dia e horário para autografar livros. Olívia brinca com a sensação de que hoje ela é a noiva. Hoje, todos os olhares se voltarão para ela. Veja só! Ela vai autografar o seu livro. Sinta a proeza.

Odara dedicou-se muito a esse lançamento. Ajudou para valer. Não que Olívia tenha pedido. Foi algo que partiu da filha de Gina. Odara ainda está se curando da separação do Kiko. Ah, você não sabia? O casamento do influencer digital com a filha do Filósofo terminara. Não foi um final bom. Nem bonito. Odara surpreendeu Kiko com Elena. Na cama. Ulalá. Acho que nem um dos três esperava por isso. Do trio, quem mais sofreu foi Odara, porque o seu casamento com o Kiko estava ótimo. Ao menos é o que ela achava. Aí, de repente, o samba atravessou, a canção desafinou, a vida entortou. É fato também que toda fila anda. Odara está saindo com Berenice. Isso mesmo. Berê, ex-assistente, ex-braço direito, ex-amante incidental de Elena. Vixe, esse mundo é um pandeiro!

A história entre o Kiko e a prima não foi de repente. Teve a ver com uma mudança na maneira como Elena enxergava o primo. Por muitos anos, ela o olhou de cima para baixo. Ele, o filho do músico bêbado, da dona de casa vitimista. O morador de um bairro operário. O fraco. Depois da morte da tia Elisa, em consequência da covid-19, houve uma reaproximação. Kiko procurou Elena e ela gostou do que viu. Seu primo, dezoito anos mais velho do que ela, mantinha um projeto bacana na internet, o canal *Forever Young*, ajudando velhinhas e velhinhos a se sentirem jovens novamente. Elena também percebeu seu primo, antes reticente, hesitante, agora assertivo, com jeito de vencedor. Voltaram a se encontrar mais. Elena pôs Kiko em contato com a Olívia, isso faz dois anos, quando editora e escritora estavam juntas. Ao menos aparentemente. Ontem mesmo, Kiko perguntou:

— Elena, nunca mais você falou com a Olívia?

— Olívia, a prima-dona? Nunca mais.

— Você viu que ela vai lançar o livro amanhã em Itanhaém? Acabei de ver o convite no Insta. Pelo que entendi é uma produção independente.

— Por que em Itanhaém? Os velhinhos vão descer a Serra do Mar? É espantoso como existem escritores sem noção, né? Nossa tia Elisa gostava de dizer: "A vaidade cega os escritores. Eles pensam que o mundo vai parar para ler seus textos".

— Você é uma editora muito crítica com os escritores, não é?

— Talvez. Eu acho que eles são uns malucos. Por exemplo, adoram escrever em um quarto espaçoso, confortável. Mas, nas entrevistas, dão um jeitinho de dizer que escreveram em quartinhos apertados, ao lado da área de serviço ou da cozinha.

— Elena!

Quanto à carreira do Kiko, o *Forever Young* bombou no digital. No ano passado, triplicou o número de seguidores. No momento, ele tem 600 mil só no Instagram, e passou de dois milhões no YouTube. E, certeza, no fim deste mês terá muito mais gente. Seu sucesso aconteceu com o trabalho árduo na criação de conteúdos e no empoderamento de sua narrativa, que o fez chegar no coração e na mente das pessoas 50, 60, 70, 80+. A partir dessa comunidade digital e fiel, Kiko desenhou uma esteira de produtos específicos e desejáveis: cursos, workshops, retiros, mentorias coletivas e individuais. Sem falar em seus e-books best-sellers. Kiko segue firme na ideia-chave de que é possível envelhecer sem perder o prazer. Daí ficou rico. E foi saber se sua prima Elena teria interesse em vender metade da editora. Para ele, metade da editora soava como vencer uma revanche. Recuperar o que o pai músico havia perdido. Afinal, com o passar dos anos, Kiko suavizara a noção que tinha do pai. Hoje ele acredita que faltou ao pianista mais sorte do que empenho. Seu pai veio da linhagem dos humilhados. Kiko enxergava ter "metade" da Parto como forma de tirar do próprio corpo marcas de penúria econômica, de falta de acesso, de exclusão. Ele desejava mais isso do que exatamente comercializar livros.

A prima Elena disse sim! Então eles se tornaram primeiro sócios no negócio; depois, sócios na cama. Kiko gosta de trabalhar e, agora, aos sessenta anos, está abrindo um novo serviço na Parto, o de audiolivros.

— Elena, a oralidade nunca perdeu seu poder. Não se esqueça que as primeiras tragédias gregas eram faladas, decoradas, declamadas. Só muito tempo depois, os escribas as puseram no alfabeto. Portanto, audiolivros tocam uma tecla primitiva no nosso cérebro.

Elena, apaixonada, ria e concordava. Por motivos diferentes: Elena, por conta de Olívia; Kiko, por conta de Odara. O casal não pegará a estrada para a tarde de autógrafos. Mas Kiko está curioso e já comprou *Quando eu era velha* no pré-lançamento na Amazon. Fez escondido, porque Elena detesta a Amazon:

— São uns detonadores de preço. Desregulam toda a cadeia do livro.

Olívia tira do bagageiro da picape caixinhas com seu livro. Para não pesar, ela distribuiu os exemplares em caixas de sapato. Foi um empréstimo feito por uma amiga louca por calçados. Não tão louca como a ex--primeira-dama das Filipinas, Imelda Marcos, dona de mais de três mil pares de sapatos. Olívia acha graça em lembrar da Imelda Marcos. Na sua agora longa vida, há tantas pessoas públicas que mereceriam ser recordadas: Gandhi, Dolores Ibárruri, Kubitschek, Nise da Silveira, Angela Merkel, Milton Santos. Mas ela está lembrando é da tarada por sapatos. Hahahaha. "Será que essa é a liberdade do envelhecimento? Sair do trilho do esperado? Tirar a roupa do correto?" Olívia interrompe seus "despensamentos" ao ouvir Marcelo gritar:

— Deixe que eu ajudo.

O primogênito de Gina e do Filósofo é um homem bonito. Solteiro, mora em um quarto da Divino Maravilhoso. Começou ajudando a mãe com o fluxo financeiro da pousada, uma vez que Gina é um Deus nos acuda para os números. Pelas estatísticas, um defeito da geração 1977. Marcelo não é dono de sapatos, mas de uma calma que impressiona Olívia. Faz dois anos, na cerimônia fúnebre do Filósofo, Olívia observou a expressão serena e o tom de voz quase doce de Marcelo. Ele topou fazer um discurso e foi transparente: "Eu conheci pouco o meu pai. Era pequeno quando voltei, com a minha mãe e minha irmã para Santos. E Berlin ficou para sempre um retrato pendurado na parede. Tenho a certeza de que meu pai não se esforçou muito para estar comigo e com a Odara. Mas isso não elimina uma certa admiração que tenho por ele. Foi um bom pensador, um intelectual relevante. Acho que o cinema brasileiro deve um tanto para o Fausto".

A urna com as cinzas do Filósofo foi transladada da Alemanha para o Brasil. A cerimônia de cremação aconteceu em Taubaté, terra natal do Fausto. A mãe dele, muito velhinha, foi poupada do ritual. Para Hilda, era suficiente saber que as cinzas de seu filho seriam espalhadas em torno de uma jabuticabeira no quintal da casa, onde Fausto nasceu e Hilda pretende morrer. "O bom filho a casa torna." Quem a representou foram seus netos Marcelo e Odara. Na última hora, Olívia decidira comparecer. Pegou o carro, a Ayrton Senna, a Carvalho Pinto, um tantinho da Dutra e entrou na cidade do Vale do Paraíba. Cidade quente, bela e conservadora como o diabo. Ela havia falado meses antes com Danton numa conversa pelo Zoom. Havia cumprido o prometido, manter tudo o que conversaram em segredo. Agora, no velório, Olívia tem dúvida se a família sabe que Fausto foi quebrado pelo chicote brutal do Alzheimer. Gina não quis ir. "Não o vejo há quase quarenta anos, agora não me interessa vê-lo morto." Danton também não compareceu. Se despediu do companheiro quando a urna foi acomodada no compartimento de cargas do avião. A um amigo, que o acompanhou ao aeroporto de Berlin, declarou:

— Foi embora o amor da minha vida.

O amigo quis saber:

— Você pensa em voltar para o Brasil?

— Há muitos anos, pensei. Quando meus pais eram vivos. Hoje, não faz sentido.

— Você é do Rio de Janeiro ou de São Paulo?

— Sou de uma cidade de ferro e poesia nas Minas Gerais, Itabira. Terra de um imenso poeta brasileiro, Carlos Drummond de Andrade.
— Danton, você quer uma carona para casa? Descansar um pouco!
— Obrigado. Mas não irei para casa. Vou ao zoológico.
— Zoológico?!?
— Ver bichos me acalma.

Gina grita para Olívia:
— Veja quem veio para o lançamento. Inacreditável!
Olívia observa o motorista do Uber ajudando Nadine Gornick a descer do Argo, branco, câmbio automático. Ela vem acompanhada pela Inês, sua cuidadora. Com bastante destreza, Inês arma o andador canadense – dobrável, fácil de montar, uma beleza. Com os braços, todavia, fortes, a velha senhora assume a direção do andador. Em voz alta, o jovem do Uber explica que irá estacionar ali perto e esperar por elas:
— Dona Inês, é só avisar no Whats.
Olívia está emocionada. Nadine veio com os seus noventa e dois anos. Veio mesmo depois de ter criticado a flacidez teórica que ela detectava em Olívia. E nossa escritora sabia disso. Nadine, parecendo ver a surpresa no rosto de Olívia, pergunta:
— Você acha que eu perderia o lançamento de um livro seu? *Quando eu era velha* é o título, né? Pode acreditar que irei ler, nem que seja para criticá-lo do começo ao fim. — E a velha senhora, judia, agnóstica, feminista solta uma gargalhada.

Inês se sobressalta; apesar de acompanhar há mais de um ano Nadine, ela não se acostuma com o seu riso alto e um tanto debochado. Há outras coisas com que Inês também não se adapta. Entre elas, a forte doutrinação de Nadine.

Inês, uma mulher de cinquenta e dois anos, solteira, sem filhos, é frequentadora da Universal do Reino de Deus. Nos poucos momentos de folga para o lazer, a cuidadora de idosos corre para o mega "Templo de Salomão", no Brás. Lá, ela se sente completa. Lá, ela está entre irmãs e irmãos de humildades heroicas. Por óbvio, Inês é contra o aborto. Ela argumenta: "A vida começa na semente, o feto já é um Jesus Cristinho". Mas Nadine, a guerreira das ideias, a dama das militâncias, nunca se dá por vencida. Ela carrega Inês para debates feministas, por óbvio, favoráveis ao aborto: "Mulheres são donas do próprio corpo. A gestação se dá dentro do útero feminino. Então quem decide se quer a gravidez é a mulher". Inês pensa diferente: "Se as mulheres não quiserem ter filhos, que segurem a periquita". Mas ela não diz isso em voz alta, não enfrenta. Mulheres estudadas a intimidam. Volta e meia, Nadine tenta saber se Inês está melhorando: "Você continua achando que os pastores da Igreja são donos da cabeça e do corpo das mulheres?" Inês não responde à velha senhora; faz cara de Boeing 787 estacionado na pista. Mas, nesta tarde, em Itanhaém, Inês está assistindo ao lançamento com um certo prazer, uma vez que ela foi com a cara de Olívia. Uma vez que brisa do mar da praia Doutor Tesoura sopra forte, tocando seu rosto de forma agradável.

Quando eu era velha teve uma carreira exitosa. Nada do outro mundo. Mas conseguiu derramar-se entre um número bom de leitores. Mais leitoras do que leitores. Bom, mulheres lendo mais literatura do que homens vem de longe no tempo. O genial Machado de Assis gostava de se referir à leitora, assim mesmo, no feminino. A última pesquisa feita por nossa escritora, nas redes sociais, também demonstrou que a idade de suas leitoras e leitores dispara entre os 50+. Olívia não se surpreende: uma história cujo tema central é o envelhecimento interessa muito mais a pessoas que estão envelhecendo. Jovens estão preocupados com trabalho, sexo, sucesso, dinheiro. Ela também já se preocupou com essa cartilha. Hoje, não mais. Olívia sabe que pode morrer a qualquer momento. Então, para ela, o desafio que resta é viver a vida. Neste momento, ela ouve, tocada pelas ondas da praia Doutor Tesoura, "Sarabande" do Händel. Está tudo bem.

fim

sampa, berlin, sampa

agradecimentos

Meus sinceros agradecimentos a Olívia, Elena, Elisa, Kiko, Nadine, Gina, Odara, Marcelo, Berenice, Danton, Filósofo, por terem emprestado seus corpos e suas almas para eu contar essa história.

Também agradeço a Roberta Ribeiro, pela generosidade da escuta.
E a Márcia Meireles, pela generosidade de tudo.

P.S.: Obrigada para Claude 3.7 Sonnet – por ter sido minha doce Primeira Leitora.

FONTE Adobe Garamond, Brag, Formiga
PAPEL Pólen Bold 90 g/m²
IMPRESSÃO Paym

FSC
www.fsc.org
MISTO
Papel produzido
a partir de
fontes responsáveis
FSC® C133282